文学鲁军新锐文丛

韩宗宝卷

隐忍的抒情

诗 集

山东省作家协会 编

山东文艺出版社

图书在版编目（CIP）数据

隐忍的抒情 / 韩宗宝著 . —济南：山东文艺出版社，
2021.1

（文学鲁军新锐文丛）

ISBN 978-7-5329-6100-9

Ⅰ . ①隐… Ⅱ . ①韩… Ⅲ . ①诗集－中国－当代
Ⅳ . ① I227

中国版本图书馆 CIP 数据核字 (2020) 第 044725 号

隐忍的抒情

YINREN DE SHUQING

韩宗宝卷

山东省作家协会　编

主管单位　山东出版传媒股份有限公司
出版发行　山东文艺出版社
社　　址　山东省济南市英雄山路 189 号
邮　　编　250002
网　　址　www.sdwypress.com

读者服务　0531-82098776（总编室）
　　　　　　0531-82098775（市场营销部）
电子邮箱　sdwy@sdpress.com.cn

印　　刷　山东德州新华印务有限责任公司
开　　本　680 毫米 ×1000 毫米　　1/16
印　　张　19.25　　插页 /2
字　　数　300 千
版　　次　2021 年 1 月第 1 版
印　　次　2021 年 1 月第 1 次印刷
书　　号　ISBN 978-7-5329-6100-9
定　　价　48.00 元

目　录

明月降临

再次写到那座六层居民楼

在远方，一个陌生的小镇

当我再次看到明月降临

旅途所有的疲惫顿然消散

月光如水，朗照纷攘的人世

这众人习以为常的明月

为何给人到中年的我以慰藉

天上的明月多么温暖

就像我们另一个世界中的亲人

一直悄无声息地跟随着我们

（原载《山东文学》2016 年第 7 期上半月刊头题，《诗选刊》2016 年 11—12 期
合刊年代大展专号转载）

命运之书

我们对命运之书一无所知

像一群无知无识的孩子

我们怀着敬畏过那条河

明天我们将会遇上什么天气

我们避不开纠缠我们的命运

这是人类古老而永恒的处境

河边火焰的形状变幻不定

映着沉沉的黑夜和一个人的脸

已离去的人我们无须挂怀

他们沿着火光潜入我们的梦境

就像镌刻在石头上的诗篇

河水将反复侵蚀那些文字

一个人不断地收集着石头

他试图在石头中安顿下来

而死亡在河中寻找着每一个人

　　（原载《山东文学》2016 年第 7 期上半月刊头题，《诗选刊》2016 年 11—12 期合刊年代大展专号转载，入选台海出版社《诗探索 2016 年度诗选》、花山文艺出版社《2016 年中国网络诗歌精选》）

野　鸭

我相信过一只美丽的野鸭
一只野鸭允诺过什么
哦　那些备受折磨的时光
一只野鸭的突然出现
近乎一个奇迹

一只野鸭投在水中的影子
那些无限温柔的往事
野鸭宁静的眼神恍若隔世
它有不可思议的高傲与美
野鸭是整个秩序的顶点

一只欢乐的令人向往的野鸭
它的存在让语言贫乏
寡淡的人生陡然变得明亮
从温暖转换成冷漠　一只野鸭
它的内部究竟发生了什么

当寒冬来临　当野鸭离去

水面的幸福与光明戛然而止

我默默地将自身混同于

孤立无援的水草　鱼类和石头

并用一条河紧紧捆住自己

一只杳无音信的野鸭

事后曾经在我个人的臆想中

无数次地反复出现　降临

而如今　一首关于野鸭的诗

像我的沉思　渐趋于透明

（原载《山东文学》2016年第7期上半月刊头题，《诗选刊》2016年11—12期合刊年代大展专号转载，入选长江文艺出版社《2016年中国诗歌精选》）

灰 獾

天还没亮透　村庄还在沉睡

田野上有朦胧的雾气和细微的声响

我在河边看到了那只灰獾

它瞪着小小的眼睛　用它的尖嘴

正试探性地触碰着这个世界

它在黑暗里已经待得太久了

冬日即将过去　万物正在复苏

洞外这新鲜的空气　让它有点陌生

它身上还带着去年的拥挤和气息

我没有靠近它　它嗅不到我

一只怯生生的灰獾　太阳升起时

不再躲躲藏藏　它身上的绒毛

慢慢地蓬松开来　由浅灰变得透明

它周身上下的那层淡淡的光晕

让我重获童年　悲伤和喜悦

（原载《山东文学》2016 年第 7 期上半月刊头题）

潍 河 滩

所有的生者和死者　都各得其所
在潍河滩　大家就像那些树木
韩大伯像棵槐树　窦二叔则像榆树
宋三婶子像是梧桐　赵四姑就像白杨

他们一辈子长在这里　死在这里
一直未挪动地方　也不愿挪动
他们各自长着　形状不同的叶子
但他们的根　扎在同一片土地上

我身体里也流淌着　潍河的血液
我独自一人从远方回到潍河滩
我身上的荒凉　是时光的荒凉
也是这块安静而空旷的土地的荒凉

我的祖宗和先人　永恒的栖息地

终有一天　我也将沉睡于此

到那时　会不会有一个人

像我呼唤你们一样　轻轻呼唤我

除了那些刻着你们名字的石头

再也找不到　你们在世上的痕迹

你们亲手所栽种下的树木还在

冬天它们只是暂时　落尽了叶子

（原载《山东文学》2016 年第 7 期上半月刊头题）

陌生的诗篇

拦河大坝　古县水电站　我脚下
电机的轰鸣　河水在钢铁叶片和水泥
之间发出巨大的声响　高过蟋蟀和纺织娘
那强烈的电流并入电网　走进千家万户
有些传入了我的体内　让我战栗

一个无限的声音　从水流到达电流
升高　飞翔　这里仿佛就是世界的中心
乡村的夜晚突然之间亮如白昼
一只夜鸟从看不见的地方飞出来
像水一样　在这上空不断盘旋

水替我说出了　内心荒芜的言辞
我所经过的事物　两岸的田畴
树木　青草　庄稼　在星空下肃立
潍河这匹从来就桀骜不驯的战马
如今彻底驯顺下来　我不是它的驭手

草垛的阴影顺从地倾斜在月光下

更多的人会记住　旧日子里的温暖

村庄和白昼的边界有一堆篝火

在静静地燃烧　像你血液中的铁与梦想

而我沿着青草一路寻找　水的镜子

一个哑巴在爱情的前夜来回徘徊

他的胸腔　无法忍受对小暖的怀念

他知道地下埋藏着珍宝和更清澈的水

他用尽了远方　苦　大海和岁月

只为蘸着露水写下这陌生的诗篇

（原载《山东文学》2016 年第 7 期上半月刊头题）

不惑之年

在凌晨三点半　陷入失眠的那个人
是不是也听到了这落雪　它多么平静
雪在倾诉什么　它自身的白把黑暗
逼退三尺　寒冷和温暖总是此消彼长
曾经有十年　我麻木迷失于过去
窗外的雪越来越厚　心事越来越薄
如凉薄的人世　我多次检省自身
平庸无奇　乏善可陈　你当年的离去
应该是恰当的　在写作和生活中
我是个无事生非的失败者　没有什么
再值得呕心沥血　我在缓慢中慢慢
超越缓慢　像那些雪不断地忍受寒冷
它们是否带有某些　隐喻的风格
白色的它们和黑夜和冰凉的大地间
有着多少默契　而你的生活与我
平行　无法吻合　只有同样的黑夜
和失眠　雪已经让土地更加平展
让消瘦的河山　有了一些丰满

我独自一人　在这样的夜里笨拙地
回忆过去　处理自己的沮丧和爱
在不惑之年　如何做一个不惑之人
像窗外的春雪那样安顿自己　给自己
一个理由　给自己一些悲凉的欢喜
后来我睡熟了时　雪仍然在落着

（原载《山东文学》2016 年第 7 期上半月刊头题，《诗选刊》2016 年 11-12 期合刊年代大展专号转载，入选中国文联出版社《2016 年山东诗歌年鉴》）

干　草

1

....

父亲说　那些干草曾经是青草
现在它们干了　可还是青的
水分虽然已经蒸发到空气中去
可颜色还是青的　它们依然
在大地上　只是不再生长
不再站立着　它们现在躺下了
就像村子里老去的那些人
它们记得河岸边夜里的水雾
记得黎明时的晨光　记得一只
笨拙的野兔曾经咬过它　它保留着
那疼痛　现在像天上的白云一样软

2

干草在黄昏寂静下来　堆在一起
温暖的阳光在它们身体里流窜
星星开始眨动眼睛　村庄灰暗的
记忆　被一盏灯所打开　往事
多么遥远　干草有些麻木了
那个扎马尾辫的小女孩
嘴里咬着一根干草　久远的
气息让她着迷　那微苦在她的感觉中
是甜的　像包着糖衣的药丸
她像哑巴一样张开嘴巴
可她始终说不出干草这个词

3

正午时分　干草在地上留下阴影
这阴影和早年青草留下的阴影
完全不同　但都是黑的
阳光太过明亮　这是村庄最
安闲的时候　去年漏雨的屋顶
已经修葺一新　干草吸收着
村子里所有嘈杂的声音和吵闹
天空现在是蓝的　一朵云

把它淡淡的阴影投在干草上
这让干草看起来不再那么耀眼
它们蓬松着　如大地崭新的毛发

4
....

一只蚂蚁爬进干草　我们可以听到
那细微的沙沙声　它试图和干草
握手言欢　填平曾经的不愉快
可它在干草里　迷路了　它再也
找不到从前它所认识的那棵草
它有些着急　它是诚挚的
但其实所有的干草早就原谅了它
干草比起从前要轻　它已经不在意
蚂蚁的打扰　干草已经减小了
自己的欲望和渴　减小到无　甚至
可以让一只蚂蚁轻轻地举起来

5
....

干草在一场大风中　飞了起来
它有些晕眩　它从未想过　自己
也可以像一只鸟一样　在天空中飞翔
它看到　早年它的那些朋友现在
都在它的下面　看上去那么小

像蚂蚁一样　干草感觉自己
有些发飘　就像是一个被众神
放逐的诗人　它在大风中飞舞着
可是它并不能自主　它无法掌握自己
的方向　干草知道　它还会降落在
大地之上　它沉静地抱紧了自己

6

在我的某本诗集的书页中
静静地夹着一根干草　我不知
自己究竟是何时收藏的它
我一点也记不起来　自己为何
要把一根干草放在书中
书页上有了干草的淡痕和香气
在一本诗集中待了多年以后
我看到干草　已经变得容光焕发
干草像我早年的爱情　有一颗
草本的心脏　柔软　澄明
适合治疗一个中年男子的失眠

7

我突然记起了那把镰刀　记起了
那块月牙状的　磨镰的青石头

镰刀曾经在它的上面　发出鸣叫

那镰刀曾经割出过我手指的血

那把割草的镰刀　现在去了哪里

当年的青草　已经成了干草

哦　我的眼眶里是什么在涌动

镰刀杀死过多少青草　而我

杀死过多少　青草一样的记忆

那些不可重逢的青草　紧抵着嘴唇

而我怎能随便说出　它们沉默的名字

（原载《山东文学》2016 年第 7 期上半月刊头题）

魔　方

女儿和我一样

也喜欢它　最近她刚买了个

异形的魔方　说起它

喜欢数学的女儿总是一脸骄傲

旧式魔方已经退出

年轻人的视野

从规则到不规则

并不仅仅是魔方的新变化

相对于过去　我们也都改变了很多

而魔方更多的秘密在它的内部

表面上它可以千变万化　但它那隐秘的

孤独的内心从不示人　也一直不为人所知

如何复原　一只凌乱的魔方

让最初和往日　平静地

重现于眼前　像一支伤感的旧曲子

我偶然会把魔方有限的白天

扭成只属于我一个人的

无边无际的夜晚

（原载《山东文学》2016 年第 7 期上半月刊头题，《诗选刊》2016 年 11—12 期
合刊年代大展专号转载）

状　态

我大概数月没有外出　蛰居在家中

像一只谨小慎微的鼹鼠　与它的

埋头掘土不同　我埋头于　书籍和写作

每天谦恭而卑微地活着　一个地道的

平民　偶尔发呆　陷入与从前相似的沉思

我在早晨看日出　在黄昏看日落

我惊异于同样的星体　为何在不同的时间

它是如此不同　它的红有着千变万化的层次

内容和边界　如它一样　我也有着不同的状态

哪怕是忧伤　每一天和每一次的忧伤也各不相同

当夜晚来临　整个世界变得岑寂无声

而我通过写作　在黑暗中　获得有限的宁静

在一首意外的诗歌中　我看见自己

竟然如此热切地渴望着太阳

却又在每一天　极力地躲避着它

（原载《山东文学》2016 年第 7 期上半月刊头题，《诗选刊》2016 年 11—12 期合刊年代大展专号转载）

故乡的小暖

很多年后　我还记着故乡的小暖
像记着故乡的春天　记着春天的田野
像记着那条穿田野而过的潍河
以及两岸盛开的那些洁白的梨花

故乡的小暖　如今已经不知下落
那一年她望着我　像黑夜里
一颗异常明亮的星星　我那么慌乱
而又幸福　只是紧紧地握着她的双手

故乡的小暖　她的手那么柔软　温暖
还有微微的潮湿　我一直不敢看她
明亮的双眼　她穿着白衬衣　黑裙子
发间有一条蓝色的丝带　那么蓝

小暖　我少年时代最亮的星子

那么多年里　　我静静地沐浴着她的光

我是最低的尘埃　　小暖望着我

眼睛里一半是容忍　　一半是怜悯

（原载《山东文学》2016 年第 7 期上半月刊头题，《诗选刊》2016 年 11—12 期合刊年代大展专号转载）

暮　晚

傍晚时分　我们收工　从地里回家

身子像散了架　坐在马车上一动

也不想动　只是摇晃着　道路两边的玉米

也时高时低地摇晃　没有一丝风　但是雾气

已经起来了　田野的景象　开始变得

模糊不清　我下意识地　紧紧抓住车辕

马蹄新钉的铁掌　在硬土路上

发出与以往　不同的声音　我看到

那一年的天空　犹如一只巨大的乌鸦

它慢慢地俯下身来　展开浓黑的羽翼

把我和父亲　以及马车　牲口

远处飘着炊烟的村庄　静默着的草垛

悉数收入怀中　只留几颗星子

像几粒雀斑　长在小暖美丽的脸上

（原载《山东文学》2016 年第 7 期上半月刊头题，《诗选刊》2016 年 11—12 期

合刊年代大展专号转载）

钢 琴 师

他的手一直在那架钢琴上

空弹　空气是紧张的

伏在四处的危险

一支可以让人活下去的曲子

虚拟的想象中的曲子

思想里　进行着

饥饿的手指

当硝烟静下来

当手真实地碰到黑白的键上

当一支曲子的第一个音符飞出

当那迟迟不肯响起的音乐

骤然响起

我的泪水一下子来了

就如他的脸上

那些好看的阳光

透过时间的窗子

泻在了我的脸上

（原载《诗歌月刊》2019 年第 7 期）

靠在树上的梯子

靠在树上的梯子

从前曾经也是一棵树

靠在这棵树上之前

它就靠在院子的东墙上

平时它一直是靠在那里的

现在有人把它搬了过来

把它靠在了一棵树上

一棵从前的树

默默地靠在了另一棵树上

它们并没有说话

但我还是感觉到了

它们之间

有种无法描述的力量

（原载《诗歌月刊》2019 年第 7 期）

陀　螺

在无尽的　动荡的时光里
我们应该如何安顿一棵成熟的庄稼
如何安顿那些收集来的诗篇
如何抚慰一个人孤苦无依的童年

河滩上的草　落入水桶里的月亮
我有时在诗篇里提到了你们
还有那些在时光中始终沉默不语的灵魂
没有人能说出你们心底的秘密

在寂静的词与物之间　在物质的黎明中
我渴望时光疯狂的鞭子不停地抽打我
一只陀螺　一只悲伤的陀螺
时光中那些坚硬的光线　开始摇晃

它们弯曲着　仿佛一个人最后的忧伤

被语言的斧子钉入无边的黑夜和木头当中

现在除了时光　还有什么能教育我

让我燃烧　让我轻蔑　这低贱的人世

（原载《诗歌月刊》2019 年第 7 期）

七 月

落日照着这疲倦的人间

椅子上有张谁坐过的旧报纸

被雨淋湿过　上面的标题和铅字

已经起皱　但它们全部沉默着

它们很快会消失　成为历史

被某个穿制服的女清洁工

以垃圾的名义清理掉

而万物和生活仍将继续

你注意到了报纸上的污渍

真理和一架松木梯子　并无不同

你很久没有看到月亮了

城市里也看不到真正的田野

在七月的高温和酷热之中

你的内心依然是荒凉的

预告说明天的气温会更高

而你对未来的期待　越来越低

一场暴雨后的城市没有泥泞

广场与往日也没有明显的不同

但那些尘土会再次飞扬起来

所有这一切　应该都是神的赐予

（原载《诗歌月刊》2019 年第 7 期）

木　耳

这些歌唱家

一样的小木耳

这些可爱的小木耳

在细雨里呼喊

在腐朽的榆树干上

竖着悲伤的耳朵

这些单纯的欲望和肉体

这些插在朽木上的旗帜

相对于玩世不恭的大地

相对于一望无际的天空

它们的倾听是透明的

它们还是孩子

不谙世事的小木耳

轻手轻脚的小木耳

太阳一出来

它们就成了黑的

（原载《诗歌月刊》2019 年第 7 期）

幻　觉

我在冬天会有幻觉

在一列疾驰的火车上

独自向西

火车像一具骨头

我是骨头中的骨头

我把落雪的火车

当作一件大衣

反穿在身上

风吹着火车

寒冷触不到我

我在遥远的西部到站

我脱下火车　裸着身子

走向一座静默的雪山

（原载《诗歌月刊》2019 年第 7 期）

张 家 楼

在这个深秋的海边小镇　我看到

油画上的闪电和你眼中的泥泞

以及远方静默的白桦林　在北方以北

道路　呈现出前所未有的面貌

小镇的经验　扩大了事物的边界

超出了经济学和发展学的范畴

一座充满愿景　理想和道德的城邦

所有的眼睛和呼吸都安静下来

吸引我们的是静物　是墙上的少女

或者白马　灯带着光亮　照着一个人

内心的隐秘和黑暗　谁曾在黑夜里

猛烈地呼喊　让艺术和美的力量

紧紧抓住自己　用加速度征服时间

坚硬的石头和往事　谁把一个词

从黑暗和深渊中　小心翼翼地取出来

在纸上整理折叠成一个滨海的小镇

小镇微微张开嘴巴　像一朵秋天的玫瑰
让一个失意者　再次对世界充满牵挂和爱
秋天之后　很多事物会被人们慢慢遗忘
张家楼不会　它的结构　历史和质地
已经发生了新变化　像异国教堂的弥撒
像张仲景开出的一张治疗沉疴的药方
它正沿着光阴中那条明亮的道路
成为言说者和改革者的舌头与名片

（原载《诗歌月刊》2019年第7期，入选南海出版社《70后中国汉诗年选》）

我们坐着火车回家

我们坐着火车回家

我们坐着火车离开亲人

我们坐着火车去看望离世的亲人

火车在天空下　在生与死之间

来回奔波　像是往返于家和医院

之间的那个男人　他脑子里

一片空白　但是却无意中

用脚步在雪地上　留下了一件

涂鸦作品　这大地临时的装饰

将迅速被白天和阳光忘掉

我们和雪是一样的　只有在夜晚

才能长久地摊开自己

像摊开一团温暖的棉线

我们在雪夜里不睡眠

我们坐着火车回家

（原载《诗歌月刊》2019 年第 7 期）

运 草 车

在秋天的河滩上
我看到一辆孤独的运草车
正沿着潍河边上的土路
在暮色里缓缓前行

九月多么慢　多么疼痛
滚动的车轮碾着的土地
多么疼痛　可它经过的地方
并没有留下辙印和痕迹

车上那些金黄而隐忍的干草
那些即将被父亲垛起来
用来取暖和焚烧的草
在颠簸和晃动中掉落了几根

像一个人的眼泪一样

它们并不想从车上掉下来

也可能它们压根就不想离开

这一片它们生长过的土地

坐在牛车上的那个人

曾经有过牛脾气　他的心

那么安静　他的灵魂已经和神

交谈过　比车上的那些干草还轻

（原载《山东文学》2014 年第 5 期下半月刊，《诗选刊》2014 年第 9 期转载，入选江苏文艺出版社《2013—2014 中国新诗年鉴》、现代出版社《2015 中国年度作品诗歌》、《读诗》2015 年第 1 卷《生于七十年代》）

缓 慢 的

大风吹过冬天的田野　除了雪
没有别的事物从虚妄的天空中跌落
土地多么缓慢　多么悲伤
它仿佛经历了什么

记忆中的青草　多么遥远　没有人
知晓土地究竟发生了什么事情
大风无情地蹂躏着　缓慢生长的雪
以及天空这面苍白空洞的镜子

我就混迹于这样黑白纷乱的世上
我听到钟声消灭了钟声
我看到河流穿过了土地
我知道每天都有人　在缓慢地死去

而雪悄无声息地掩盖着这一切

在雪和时间的背面　所有善恶的边界

都是模糊的　只有厚厚的结了痂的

凝固的冰层和新落的雪是清晰的

最坚硬的石头在风中分崩离析

没有人能敌得过缓慢的时光和岁月

巨大的失败　让一个人更加平静

他慢慢展开自己　像缓慢地展开一封信

（原载《山东文学》2014年第5期下半月刊，《诗选刊》2014年第9期转载）

雪

雪　傍晚的雪　隐藏着什么的雪
突然到来　让昏暗的人世变得明亮
雪慢慢地落着　无可辩驳　不容置疑
这样的雪　也曾在过去落过
是的　那些雪依旧在过去庄严地下着
雪集体下着　仿佛在讲述一个人的过去

谁看到雪　谁就看到天使的面容
阵痛和悲伤总是夹杂着幸福
让人回想　那个积雪深深的年代
广场上齐刷刷举起单调而清晰的白
雪的海洋产生巨大的漩涡和欢乐
雪让一个人的命运　呈现出另一面

雪一直拥有宁静的不可替代的神情
雪落在祖国广袤的大地上
像一个母亲用双手蒙住年轻的面庞

那些被遗弃的幸福　雕刻在大理石上
那些业已不复存在的雪和美
永远滞留在机场和一个人身体的郊外

雪是盛大的节日　是一地鸡毛
是时间中失败的玫瑰和爱情
我们之间有过类似的雪
很多深夜　我似乎听到过你的声音
也许你曾经回来过　在我熟睡时
在我所不知悉的某个时刻

你的身体仍旧神秘而缄默
充满稚气　像雪花一样　仿佛一个奇迹
所有沉寂的幸福都被一一恢复
昨日重现　爱和一场大雪同时降临
世界还是我们初相识时的样子
沉静而辉煌　拥有六角形的结构

我爱过　我知道那些雪　你像雪一样
温柔地注视我　用我渴望的眼神
地上的雪忍住不化　而我忍不住热泪
你闭上眼睛　俯下身子吻我　热烈而长久
雪停了　整个世界　只剩下一座钟表
雪瓣般的指针　在黑暗中轻轻跳动

（原载《山东文学》2014 年第 5 期下半月刊，《诗选刊》2014 年第 9 期转载）

夜　歌

哥哥在茫茫的黑夜里找谁

哥哥在寂静的黑夜里抱着谁

哥哥在漫长的黑夜里想谁

一万匹月光的马多么白

一万头星星的豹子多么饥饿

一万支歌的黑夜多么拥挤

在刀尖上舔血

在心尖上哭泣

在绝望的琴弦上歌唱

这祖国的黑夜

这村庄的黑夜

空旷又荒凉

十三省的庄稼已经收割完毕

一个瞎子怀抱着春天

在大地的黑夜里弹三弦

他深陷的眼眶里已经没有泪水

他的脸上没有向往

也没有悲伤

他像一盏摇摇晃晃的灯

他是你眼中的瞎子

不是你心目中的哥哥

他经历过春天

没经历过死亡

（原载《山东文学》2014 年第 5 期下半月刊，《诗选刊》2014 年第 9 期转载）

春天的雷霆在村庄的上空滚动

春天的雷霆在村庄的上空滚动

灿烂的闪电把黑夜撕成黎明

放过故乡的花朵　放过沉睡的土地

但不要放过土地上沉默的旧木头

必须要让它们全部发出新芽

然后用雨水为每一个芽的初夜加冕

这盛大的春夜　惘然的应该是时光和水

我们要怀揣梦想和秘密　深入春天的心脏

村子里那个敲钟人的悲伤已经平静下来

像黑暗中茂密的雨滴所点拨的青草

（原载《山东文学》2014 年第 5 期下半月刊，《诗选刊》2014 年第 9 期转载）

黑 鸟

它的眼睛也是黑的
它的神情　它的孤单　它的悲伤
它的爱　全部都是黑色的

它并不比漆黑的夜晚更黑一些
但它的黑和夜晚的黑明显有所不同
它经常在夜晚长久地静止不动

在黎明前　它突然睁开眼睛
我看到两团黑色的火焰
急促地燃烧　仿佛遥远的喘息

一只黑鸟　从天空飞过　它正午的影子
为这个燠热难当的　夏日白昼
展开一个清凉而寂静的夜晚

我离开原野　离开树荫　离开神甫

离开祖国　离开故乡空旷的河滩

追随并仰首注视着它

它黑色的双足　如此有力

紧紧地攥住一颗明亮而脆弱的心

我始终无法　为它静静祈祷

我只能看它深入更高的天空　昂然飞翔

它黑色的如箭镞般的羽毛和翅膀

在阳光下纯粹而凛冽　击打着空气

我毕生的梦想是成为一只黑鸟

但我并不知道　它努力接近的是什么

而且我也从未听到过　它令人揪心的鸣叫

（原载《山东文学》2014 年第 5 期下半月刊，《诗选刊》2014 年第 9 期转载，入选花城出版社《2014 中国诗歌年选》）

入　秋

一个怀了身孕的新婚妇人

慢慢地走着　步子有些笨拙

孩子仿佛在踢她　秋凉了

可她的表情是暖的

像天空淡淡的云

远处没有人　田野里很静

夜晚会有更多的虫鸣

点亮星星和田野里的芳香

路边的一棵歪着的小草

让她突然想起了什么

那时她爱在这田野里奔跑

跑得浑身是汗　头发贴在脸上

那是很久以前的事了

那时她还不懂得孤独

不懂得如何让自己安静

风有点凉　她的肚子是暖的

她的那位也是本地人

有着同样的口音

同样的禀性　同样勤劳朴实

这一点让她很安心

入秋以来　她在夜里翻身

会很慢　怕惊动了什么

怕弄醒肚子里睡着的孩子

还不知道是男是女呢

这又有什么关系呢

（原载《山东文学》2014 年第 5 期下半月刊，《诗选刊》2014 年第 9 期转载，入选百花洲文艺出版社《2014 年中国诗歌排行榜》）

一群乌鸦从天空飞过

一群乌鸦从天空飞过

我仿佛看到一条黑暗的河流

时光的羽毛构成大面积的乌云

我站在河底　像一个孩子

一动不动地仰望着它

这条黑暗的河流

它自然　从容　热烈

但最终从我头顶的天空慢慢消失

它带走了我石头般坚硬的心

让我无用的肉身

获得了暂时的柔软

（原载《延河》2013 年 2 月号下半月刊，《诗潮》2013 年 7 月号转载，入选辽宁人民出版社《2013 中国最佳诗歌》、北京师范大学出版社《2013 年中国新诗排行榜》、白山出版社《新世纪中国诗选》）

上山的山羊

我在黄昏的时候
看到了那只上山的山羊
它是一只美丽的黄羊

天渐渐地灰了
黑了
它还在上山

我在下山
它在上山
我们逆向擦身而过

我到过山顶
那里并没有青草
只有凛冽的风和孤独的石头

（入选重庆大学出版社《2009—2010中国新诗年鉴》、北岳文艺出版社《1980—2012中国当代短诗三百首》、白山出版社《新世纪中国诗选》，获第六届珠江国际诗歌节社区微诗大赛优秀奖）

一头蒙昧无知的猪

潍河滩上　一头蒙昧无知的猪在跑

它不知道在今年　它的身价已经大涨

它还如它的同类一样

贪吃贪睡　它不停地拱着什么

在泥里　水里　土里

去年　一头猪　曾经让我乡下的父辈们难过

今年　一头猪　又让我在城里的亲人失语

我们已经吃不起猪肉

可是那头蒙昧无知的猪　还在我的记忆里跑着

没有停下来的样子

（原载《中国诗歌》2011 年第 6 期，《诗探索》2012 年第 8 期转载，入选长江文艺出版社《2011 年中国诗歌精选》）

晚　年

如果没有什么意外

我肯定会在潍河滩上

平静地度过幸福而散淡的晚年

晴朗的天气

如果不在墙根下晒太阳

就会拄一根笨拙的木头

到潍河边去看水

看那些长有四个鼻孔的潍河鲤鱼

累了就到河边的白杨树林

听风吹动树叶的声音

经过那一片没有人的土地时

风会絮絮叨叨地

跟我说一些可说可不说的话

我应该走得再慢一些　让风能够吹透

我脸上那些平静的微笑和皱纹

（原载《山东文学》2014 年第 5 期下半月刊，入选春风文艺出版社《21 世纪中国文学大系·2010 年诗歌》）

秋　风

秋风　吹着潍河滩上的一条河流

吹着河边的密不透风的芦苇

吹着我辽阔的祖国

吹着祖国身上一块隐忍的石头

吹着石头内部的阴影　灯光和泪水

秋风带走已经无情无义的石头

连同一个人的孤独和苍茫

把那些卑微轻贱的尘土留了下来

秋风面无表情　和一辆红色的拖拉机一起

在坑坑洼洼高低不平的乡村土路上奔跑

秋风把一张白纸　把空无一字的信

把我的犹疑　把我矛盾的心　把远方

渐渐吹凉　吹灭　天亮时　一只黑蟋蟀

遥远而微弱的鸣叫　被从村庄的眼眶

涌出的沉重而潮湿的秋风所取代

（原载《山东文学》2010 年第 8 期，入选漓江出版社《新乡土诗选》、春风文艺

出版社《21 世纪中国文学大系·2010 年诗歌》）

九 月

在九月　在没有你的乡下
我模仿走街串巷的民间艺人
吞下刀子　毒药和火焰

吞下失眠的石头　利息和泥土
我已经做到对你和关于你的消息
视而不见　听而不闻

九月的潍河滩　山高水低
我在河床里　石头一样沉默着
不再流露内心的爱和光

我装扮成盲人　在独幕剧中
偷吃黄连和苦瓜　我瞒天过海
若无其事地忍受惭愧与懊悔

（原载《山东文学》2010 年第 8 期，入选春风文艺出版社《21 世纪中国文学大系 · 2010 年诗歌》）

石　头

这是一块异样的石头

一块具体的我无法忘怀的石头

一块有些丑陋的少有人注意的石头

它身上没有光泽

虽然昔日汹涌的河水狠狠冲刷过它

时光在它身上　留下了某些痕迹

它只是一块石头罢了

它无法把它看到的说出

如果一直待在河滩上

这块石头根本不可能飞起来

除非我弯下腰把它捡起来

然后把它从手中迅速地扔出

像扔一只烫手的山芋

（原载《延河》2013 年第 2 期下半月刊，《诗潮》2013 年第 7 期、《诗刊》2013 年 12 期下半月刊转载）

记忆中的麻雀

记忆中的麻雀

有时候它们羽翼未丰　嘴巴镶着黄边

有时候少年老成　全身都是灰的

更多的时候　它们无所事事

和我一样胸无大志

沉溺和满足于麦场上的颗粒之争

对迎面而来的生活　丝毫不加理会

记忆中的麻雀　它们懒得和燕子成群

当然也不屑与鸡为伍

除了一日三餐之外

我不知道它们还平衡着什么

（原载《天涯》2007 年第 4 期，入选中国戏剧出版社《二十一世纪十年中国独立诗人诗选》、长江文艺出版社《21 世纪诗歌精选》第 2 辑）

夜　草

不是夜里往槽子里给马添的那些草料

我说的是夜里的草

是河滩上

那些在夜里仍然在长的草

隔着很远

隔着很多年

我仍然可以非常清晰地闻到

夜草们秘密而清凉的香味

它们让我的脸　生动了起来

（原载《天涯》2007 年第 4 期，《诗刊》2009 年第 5 期下半月刊转载，入选花城出版社《2007 中国新诗年鉴》、长江文艺出版社《21 世纪诗歌精选》第 2 辑、漓江出版社《第七届华文青年诗人奖获奖作品》）

理 发 师

这当然是一个门朝北开的店
整个店透着本分和随意
正给我理发的理发师是个妇人
她有些过于散漫
她的目光看上去慵懒而松弛

在椅子上坐定后
我很快感到深深的疲劳和倦意
我没有打那个要打的哈欠
在这个傍晚时分的沉闷的房间
我没法想象自己的未来

一个理发的小店似乎必须紧靠
一个人来人往的自由菜市场
才能更靠近存在的根部
女理发师　一个与自己无关的人
和我一样有些虚无　仿佛是现代生活的局外人

女理发师　她和理发店都散发着
某种旧时代和黑白电影才会有的气息
她的小女儿不断跑来跑去
说着一些很认真的孩子才会说的话
而她的回答明显是在应付

透过面前的镜子
我看到店门前的积水已经开始变脏
在给我理发之前
她曾经问我要理什么样式
我想了想后说板寸吧

她的目光后来有些飘忽　甚至恍惚
她给我理发的时候
我能清晰地感觉到她的心不在焉
她大约也听到了
远处西北方向正有隐隐的雷声

外面和里面的空气
都是一样潮湿而滞重
一如她店内凌乱不堪
而且毫无头绪的事物
我感觉有什么东西正在悄悄发芽

（原载《中国作家》2016 年第 11 期）

盲人按摩师

我是第一次让盲人

做按摩

他是盲人

他戴着一副墨镜

他按摩的时候

他细长的手指　准确　有力

非常结实地

触及了骨头和隐痛

后来

我就感觉到

身体里的天亮了

（原载《中国作家》2016 年第 11 期，《诗选刊》2017 年第 4 期转载，入选中国
青年出版社《2018 年天天诗历》）

山　岗

潍河滩的山岗是寂静的
像我们久居的屋顶

山岗上排列着一些坟墓
屋顶上压着一些积雪

我不知道那些坟墓里埋着的是谁的亲人
也不知道屋顶上那些积雪在为谁哭泣

从村子到山岗
一路上除了夜色就再也没有别的

月光下　到山岗至少有两条路
一条是大路　另一条是小路

（原载《中国作家》2016 年第 11 期，《诗选刊》2017 年第 4 期转载）

山　顶

山顶其实没有什么可看的
不过我们还是爬了上来　为了跟别人一样
在山顶我们看得最多的竟然不是山顶
而是山下那些低矮又平凡的事物

如果说仅仅是为了看它们
我们何必要耗费力气爬到山顶上来呢
在下面我们会看得更清楚一些
难道山顶是一个能够产生优越感的地方

可是实际上我们没有因为站在山顶
而达到山所达到的高度
相反站在这样一个高不胜寒的山顶
我们每个人都比平时显得渺小了很多

其实我们爬上高高的山顶

最终还是为了返回我们一直居住的地面

我们到过的山顶对于我们意味着什么

我们好像并不能说清楚

有很多事情是说不清楚的

直到我们再一次回到地面上　我们才发现

我们并没有因为去过山顶

而比没去过前看得更远一些

所以　事实上我们去过山顶

跟我们没有去过是一样的

山顶只不过是一个叫山顶的地方罢了

它并不能左右　我们世俗中琐碎的生活

（原载《中国作家》2016 年第 11 期）

在 河 边

在河边

你能看到沉静又缓慢的流水

河面上漂着的

原来的颜色变淡了的花瓣

岸边长着茂盛的青草

草丛是小昆虫们的天地

有几件印有蓝碎花的薄衣裳

静静地晾在青草上

滴着水　一个蚂蚁的洞口

因此显得有些泥泞

再远的地方站着一些

静默的桦树　树底下是半透明的阴影

空气里似乎有某种清淡的香味

阳光中　那些金黄的蜜蜂

总是不停地来了又走

（原载《中国作家》2016 年第 11 期，《诗选刊》2017 年第 4 期转载）

空 旷

秋天了　潍河滩更加空旷

芦苇正在老去

荒草已经遮不住土地了

像一块一块的补丁

几头牛　在河边慢悠悠地吃草

它们的尾巴偶尔甩动几下

像驱赶着什么

河里的水已经有些凉了

天空蓝得那么高

深过了河边　那些忧伤的芦苇

我一个人在空旷的潍河滩上

默默地站着

经过河边的风吹到我脸上的时候

我突然感到有些温暖

（原载《中国作家》2016 年第 11 期）

沉　寂

现在这里是沉寂的
这里没有人　只有落日
孤单地照着远处的山谷
有的地方很暗
因为光被什么遮挡住了
周围的一切秩序井然
看上去那么安静

我仿佛听到了什么
在更深的沉寂里
我的心所感觉到的事物
更加简单
就像这个傍晚的光线一样
微黄而透明　在暮色中
慢慢地，趋近于一

（原载《中国作家》2016 年第 11 期）

秋天是愤怒的

秋天是愤怒的
像一条狠狠地抽打着奴隶和犯人的鞭子

秋天的天空是愤怒的
雷在转身　乌云在翻滚　大雨压了下来

秋天的河水是愤怒的
它们像马群一样冲破了河堤

秋天的蓝是愤怒的　它们被搅黄了
大海里仿佛聚集了成千上万头凶猛的豹子

秋天的马蜂是愤怒的
它们紧紧地叮上了一头在故事里躲雨的熊

河滩上那一片被雨水打裂了的向日葵是愤怒的

它们心事重重　却低着头无话可说

秋天是愤怒的　它在笼子里
不断发出低沉的　让大地产生晃动的咆哮

（原载《中国作家》2016 年第 11 期）

风吹走了什么

风吹走了什么

村子里从来没有人问及

吹了一夜的风　吹走了什么

风能吹走什么呢

村子还在　人还在

草垛也还在

孩子还在　老人还在

男人和女人还在

那块地还在　坟还在　庄稼还在

铁锨和大镢还在

房子还在

昨天夜里脱下来的衣服还在

我也不知道风吹走了什么

那么大的一场大风

吹了一夜　它吹走了什么

它在潍河滩都去了哪些地方

它经过潍河滩之后去了哪些地方

这些事　风停了以后一直没有人问及

我想问一下父亲

可是我看着父亲苍老的皱纹纵横的脸

终于也没有问

（原载《中国作家》2016 年第 11 期）

来潍河滩吧

来潍河滩吧　我带着你去看芦苇

看那些荒芜已久的土地

看不动声色的河水

看田野里　那些已经死去的庄稼

看河滩上那些卑微的青草

看那些沉寂的屋顶

屋顶上的　那片蓝色的

我们一起看过的天空

已经不再摇晃了

我的心　还依然是完好的

就像你听别人说起过的

那些悲伤的黎明

（原载《中国作家》2016 年第 11 期，《诗选刊》2017 年第 4 期转载）

那棵没有人注意的草

没有人注意那棵草

没有人看到它上面有干净的露水

没有人听见它浅浅的呼吸

路过它的人　没有谁留意到它

那一群肮脏而又邋遢的

低着头不停贪吃的羊

也忽略了它

甚至没有抬眼看它

那棵没有人注意的草　是明亮的

它在这片广阔的河滩上

像一棵草那样　默默地长着

如果被人不小心踩倒了　它就自己站起来

（原载《中国作家》2016 年第 11 期）

我是一只缓慢的蜗牛

这些日子

我觉得自己

是一只缓慢的蜗牛

我像一只缓慢的蜗牛

那样爱你

时光多么快

我像时光里的一只缓慢的蜗牛

我背着自己的房子

背着自己全部的家当

去找你

到达你的路　多么漫长

我缓慢地　一寸一寸地爱你

我爱得多么吃力

我走得很慢　我的爱

在漫长的途中　多么渺小

如果我来不及说出

如果我来不及到达

如果我来不及见到　就在途中死去

大地啊　请你替她收留好

这笨重而缓慢的壳

（原载《中国作家》2016 年第 11 期）

艾 子

我在这个秋天　想起艾子

长在坡里的艾子

被父亲割倒的艾子

在屋顶上晒干了的艾子

被爷爷认真地搓成草绳的艾子

在夏天的夜晚　在村庄里

无声无息地燃烧的艾子

成了一团团密集的有香味的烟

它驱散了来自旷野的蚊虫

让我们裸着的身子少受叮咬

恬然进入梦乡

在梦里　村里那个远嫁南山的

名叫艾子的女孩子

又回来了　还是月亮一样

清淡如水的面容

还是那样密而紧的麻花辫子

还是俯身抱起我来

要我叫她　姐姐

（原载《中国作家》2016 年第 11 期）

扛着铁锨走向田野

我总是习惯天亮后扛着铁锨走向田野

在田野里漫无目的地走

如果累了　就找个地方躺下来

和一些不讲理的青草　紧紧地挨在一起

庄稼长得太慢了　仿佛身边的时光

有时我抬头　会看到一只叫不上名字的小虫子

在太阳下　有气无力地飞　很茫然的样子

不知它要飞到哪里去　那些年里

我总是习惯天亮后扛着铁锨走向田野

然后在天黑时　一无所获地回来

（原载《中国作家》2016 年第 11 期，《诗选刊》2017 年第 4 期转载）

卷 心 菜

姐姐　那一年冬天　你远离

村庄和乡亲　在异乡

一个人独自过漫长的冬天

你紧紧地抱着自己　一个绝望的人

你穿上所有能穿的衣服取暖

还是冷　彻骨的冷　你不是

自恋的人　你只是想把心蜷缩起来

已经没有更大的空间能容纳它

很多人以为你是真心实意的蔬菜

你饱满的样子　多么真诚

你那么结实　在很多人的眼里

你无疑是健康的　没有虫子咬过你

身上也没有农药的残留

你是绿色的　你是无公害蔬菜

可是你有一些疲倦了　你累

姐姐　自从那个冬天之后

我就不敢想你　我害怕

只要一想　我的头就会变大

就会疼　姐姐　你说你没有心

你的心是空的　我不相信

我一片一片地剥开你

当我把一棵卷心菜剥到最后

姐姐　我不忍心流下我的泪水

我不能告诉你　我的心

就在那一刻紧紧地卷了起来

（原载《中国作家》2016 年第 11 期）

峡　谷

在辽阔的大地上
它的内心有多少不平

时间无始无终
它深深地陡峭着

这一条伤口般寂寞的峡谷
除了我　没有人知道它

一个人在峡谷里的呼喊
也要等到若干年后才会有回音

（原载《中国作家》2016 年第 11 期）

蝙 蝠

出于对白天的厌倦和抵触

我只在夜间出行

我是个明显的瞎子

我拒绝你的容颜　拒绝光

拒绝你煞费苦心的化妆术

但我能听到你

我能听到层层的装扮之下

你内心真实而简单的美

已经没有什么能诱惑我

除了你的心　除了你给过我的爱

我愿意　在生命剩余的黑暗中

怀着对你的爱　热烈地死去

像一只投火的飞蛾

像一朵永不熄灭的黑色的葵花

（原载《中国作家》2016 年第 11 期）

公　社

公社是国家的孩子
是村庄的父亲
太阳一样　又大又公

母亲在夜晚的小腿上搓麻
那些麻　来自月亮下的洼地
来自大队最低的土地

姐姐说我来自更低的池塘
那是 1973 年
那一年小暖还没有出生

我现在怀念的是生产队不是公社
这和父亲有所不同
他和母亲都是公社的社员

他们用工分养活我们

把浸透汗水的劳动和麻绳

悉数交给公社

母亲去世那一年

人民公社也随之消失

只有劳动和人民留了下来

（原载《中国作家》2016 年第 11 期）

树　枝

孤零零的黑树枝

指着天　天始终那么空

站在树枝上的小白鸟

无视着整个大地

那个犹太人医生

站在乌云下面

站在傍晚的原野上

一个人替美和病人面对着上帝

更远处的黄河边上

一匹红马正深陷在泥里

它的主人是一个孩子

他始终不肯长大

从城市里来的小丑

穿着那件花格子衬衣

嘴里唱着一支老掉牙的情歌

向这世界高高地举着他的鞭子

（原载《中国作家》2016 年第 11 期）

梦　境

梦见在天空中奔驰的马群

梦见老人　妇人和孩子

梦见一架秋千

梦见自己的迷惘

询问老人这是哪里

他指着天空中显示出的数字

梦见一列火车从头顶的桥上驶过

巨大的车轮和车底部

逼视着躺在地上的我们

梦见两个手机的屏幕悉数碎裂

梦见两只乳房开出花朵

梦见两个妇人在井边打水

梦见自己握住了

你悄悄伸过来的脚

但我并不知足

梦见黑暗中的渴和拥抱

梦见一个孩子稚气的面容

在一瞬间变得异常苍老

（原载《中国作家》2016 年第 11 期）

沙　子

那一年冬天　黄昏时
我和父亲赶着马车
去村前的河边拉沙子
刚下过雪　黄色的沙子
就埋在雪的下面

我们用铁锹清理了清理
沙子表面的积雪
然后开始　一锹一锹地
向马车上装沙子　雪下的
这些沙子洁净　潮湿　金黄

我们装沙子时　那匹红马
在不住地打着响鼻
呼出一团团　乳白的热气
还用蹄子　踢踏地上的积雪
父亲因此吆喝了它几次

装满车之后　为了防止沙子

从马车上散落　我和父亲

用铁锹把溢出的沙子

培成了屋脊状　满满的一车沙

看上去让人很放心

从河底往上拉要经过一个坡

我和父亲都帮着红马用力

下过雪的路有点打滑

红马拉着沙子和我们　慢慢地

向回走　沙子在车上很安静

满满一车沙子　在父亲的眼里

就像一车金黄色的麦粒

而在我眼里　沙子就只是沙子

我和父亲在路上垫了些沙子

借助沙子的摩擦　我们过了那坡

我和父亲从河边回到村子

天就完全黑了　身后

我们留在路上的车辙

以及零星散落在雪地上的沙子

全都消失在无边的夜色里

（原载《中国作家》2016 年第 11 期）

树　木
——献给父亲、故去的母亲和现在的妈妈

我要回潍河滩一趟　最后看看那些树木

父亲说他打算把院子里的树全部砍掉

不再留着了　我知道那些树

它们曾经　陪伴我和父亲长了那么多年

它们分别是九棵白杨　三棵槐树　一棵梧桐

白杨散落在院子的东南角　槐树在东墙根

唯一的梧桐树在西边鸡舍的附近　母亲生前

它幼小细弱　现在比中年的我都要粗壮很多

母亲走后它依然每年长出那种巨大的叶子

我经常会摘一片顶在头上　或遮阳　或遮雨

白杨树上常有蝉鸣　有种叫唯有我　或者唯有忘

槐树上则盛开过数不清的芬芳而洁白的槐花

故乡的树木　在我家院子里站了很多年的树木

不管离它们有多远　不管离开它们有多久

我的身体里总有它们所散发出的那种隐秘的气息

在父亲决定砍掉它们之前　我要回去看看它们

我没有问父亲砍掉它们的原因或者理由

父亲也没有说起　继母是位信奉基督的女性

年龄比父亲要小一些　她不太喜欢院里有落叶

她宁愿院子里干干净净　什么都没有

（入选长江文艺出版社《21世纪诗歌精选》第4辑、长江文艺出版社《诗生活年选·2012年卷》）

杀 羊 记

要过年了　他正在雪地上

杀羊　他的嘴里叼着烟

态度随意　那把刀

并不太锋利　但显然足够

用来杀一只羊

一只饿了半上午的羊

他剁掉了它的头

它还是睁着眼

眼神还是那么安详

那是一只平静的母羊

一只微胖的　生了病的

藏着痛苦的母羊

明亮的白刀子

闪电般　迅速地

进入另一种白的羊身子

很快就有一些

红色的新鲜的血

涌流出来　冒着热气

他富有耐心地

给羊剥着皮

他用非常熟练的方式

让羊的灵魂和肉体

在冬天的雪地上

慢慢地分离开来

那是一只怀着身孕的

未及生产的母羊

它的死让一个人闭紧了眼睛

他突然有些愣怔

生着厚茧的　拿刀的手

瞬间变得无力

他想起自己　苦命的

在赶往医院的途中

死于难产的妻子

他想要哭

可是他努力地

把泪水憋了回去

他有些手足无措

他呆呆地站在那里

风正从很远的地方吹过来

羊的血　已经流干

没有憋在肉里　这让

死去的羊变得有一些轻

（原载《山东文学》2012 年第 3 期下半月刊，《诗选刊》2012 年第 8 期转载，入选山东友谊出版社《齐鲁文学作品年展 2012》）

树　林

村子的前面曾经有过一片树林

树林里的树以杨树居多

杂以槐树和各种灌木

每天树林里都会有鸟飞进飞出

鸟以麻雀居多　也有喜鹊

树林边就是我经常说的那条河

它日夜不停地流淌　看上去很平静

树林里的树也日夜不停地长着

但我们能看到河水的流动

很难看出树木的生长

它们长得太缓慢了

那时候我们天天在林子里疯玩

对树林的存在熟视无睹　浑然不觉

我们从未想过　像一个人一样

树林有一天也会彻底消失

所有的鸟都去了别的地方
那条河还在　　不过流量越来越小
风还是照旧吹过这里
但经过时不再受到任何阻挡
也不会再发出呜呜的声音

（原载《山东文学》2012 年第 3 期下半月刊，《诗选刊》2012 年第 8 期转载，入选山东友谊出版社《齐鲁文学作品年展 2012》）

土　堆

村子里的一堆土
原本要作什么用途的
后来可能忘记了　没人管了
弃置后就成了一个土堆

我们那时候
经常在这土堆上玩
玩的是占山为王的游戏
所有的孩子都喜欢站在山头上

有个孩子从未在我们玩时
能站在山头上　他等天黑了
所有的孩子都回家了
然后一个人站到土堆上去

土堆成了他一个人的山头

他偷偷地　孤独地站在土堆上面

从来没有人看到过

他站在土堆上时的表情

有次邻村的电影散场后

我意外地经过那里　我看到

他一个人站在上面抬头望着天空

那晚的天空上有很多的星星

我没有向他提过这件事

很多年后我偶然想起这件事来

想要和他说说　想要问问他

可是他已经不在了

我少年时的伙伴

一个没有经历过任何争斗的人

他死于进城的途中

肇事的是一辆拉猪的货车

（原载《山东文学》2012 年第 3 期下半月刊，《诗选刊》2012 年第 8 期转载）

矮 板 凳

他是个盲人
他坐在乡村的矮板凳上
拉二胡

妹妹出嫁以前
他总是坐在矮板凳上
听妹妹唱歌

他沉浸在妹妹的歌声里
他微笑　像一个天使
那些安静的好光阴

很多年后　在一个矮板凳上
他把一把孤独悲凉的二胡
拉得听上去很欢乐

（原载《山东文学》2012 年第 3 期下半月刊，《诗选刊》2012 年第 8 期转载）

后　来

后来我睡了

我睡在一个静静的山岗

山岗上没有庄稼

只有天空和巨大的空旷

夜里的露水打湿了青草

没有打湿我

但是我用我的安静

打湿了天上的那些星星

（原载《诗刊》2007 年第 2 期上半月刊头题）

开 阔 地

潍河滩上

这一片还没长出庄稼的土地

多么开阔　大风刮过　众草低头

一个人的悲伤　多么开阔

更开阔的地方

世界在一个人的眼中　踉跄着

它并没有　因为风吹而塌掉

一个男人也踉跄着　他是小的

他的身子仿佛在摇晃　他的前面

那个离他越来越远的女人

始终没有回头

（原载《诗刊》2007 年第 2 期上半月刊头题）

边 界

亲爱的　我说不出潍河滩的边界
就像我说不出山东的边界
说不出祖国的边界
说不出世界的边界

亲爱的
我无法说出一个人思想的边界
也无法说出生活的边界
也无法说出记忆和往事的边界

亲爱的　爱是没有边界的
我脸上的泪水也没有边界
我分不清这些泪水
哪些代表幸福　哪些代表痛苦

（原载《诗刊》2007年第2期上半月刊头题，入选长江文艺出版社《2007年中国诗歌精选》、辽宁人民出版社《2007中国最佳诗歌》）

燕　子

潍河滩上的燕子　那些微亮的黑是它们的背

光滑的白则是它们的腹　剪刀状的尾巴

经常被居住在土地上的诗人　比喻为闪电

可燕子并不理会这个比喻　就像不理会暴雨

它们只是服从于自己的内心

单纯而快乐地低飞　在村庄和田野广阔的上空

自由地滑翔　偶尔也会停下来

站在一根又黑又细的电线上　以一种出奇的平静

打量这个陌生的春天和人世

它们口中衔着的泥巴　要等回到房檐下的巢里

才会很小心地吐出来

（原载《诗刊》2008 年第 3 期上半月刊，《诗选刊》2009 年第 5 期下半月刊转载，

入选漓江出版社《第七届华文青年诗人奖获奖作品》）

忧　伤

天空高远　土地空阔

一个站在天空和土地之间的人

看上去仿佛是忧伤的

他的忧伤

像一朵枣花那么细小

又像一条大河那么苍茫

似乎可以高过天空

也可以低于土地

（原载《诗刊》2008 年第 3 期上半月刊，入选四川文艺出版社《2008 年度中国诗歌精选》）

旷　野

这里现在是没有人的

稀稀地站着几棵

看上去有些落寞的树

几只麻雀　在远处起落着

好像在叫着什么

旷野是自己把自己展开的

用一种很舒服的姿势

这时旷野就有了起伏　那起伏极美

很容易叫人浮想联翩

旷野是一个睡得并不熟的女子

（原载《诗刊》2008年第2期上半月刊，入选长江文艺出版社《21世纪诗歌精选》第2辑、长江文艺出版社《黄鹤楼诗会2010·本草集》、中国戏剧出版社《二十一世纪十年中国独立诗人诗选》）

挖 土 豆

那个下午

和父亲一起在地里

挖土豆

我和父亲的话都很少

每当挖到大的土豆时

我会抬起头来看看父亲

一个大人的目光和一个孩子的目光

就会在空气里碰一下

那是会心的喜悦

父亲挖的每一个土豆

都完整无损　囫囵囵囵

我却总是时不时地会挖破一些

我挖破一只土豆时

我觉得自己的心也有一阵疼

父亲不责怪我

只是他的手会不很明显地抖一下

然后用一种鼓励的目光

温暖地看我

再挖的时候

我会更加仔细和小心

为了让父亲的手不再抖

而且我知道　那些被挖破的土豆

像我们一样也会疼

只是它们从来不喊出来

（原载《诗刊》2008 年第 3 期上半月刊，《诗选刊》2009 年第 5 期下半月刊转载，入选长江文艺出版社《2008 中国诗歌精选》、漓江出版社《第七届华文青年诗人奖获奖作品》）

细　草

这是长在河滩上的细草

是长在一条河边上的细草

它们没有名字

细草就是它们共同的名字

它们是我的夏天

它们在夏天

在傍晚半透明的光线中　在弥漫着

草香味的微风中　低低地起伏

即便是在完全的黑暗中

它们也不张狂　也不直起身子

它们是细的

它们又细又软

它们不发出声响

它们低眉顺眼　屏息含羞

它们在我记忆中的那片河滩上

在一条伤心之河的岸上　微微地摇曳

随着它们小小的摇曳　我感觉到

整个空旷的河滩

整条苍茫的大河

仿佛也跟着剧烈地晃动了起来

（原载《诗刊》2009 年第 12 期上半月刊第 25 届青春诗会专号）

影　响

那些日子　我一个人在潍河滩

静静地站着

潍河滩旷野里所有的事物全是我的

有时我的头顶上会飞过些麻雀

有时会飘过些云

但它们不能影响我

潍河滩上所有的事物都没有影响我

我的思绪和河滩上那些野生的草一样

疯狂　恣意　漫无边际

影响我的　是河滩上的风

不断地吹着我　让我变得更加空旷

这空旷　是一个人的空旷

（原载《诗刊》2009 年第 12 期上半月刊第 25 届青春诗会专号）

我看到了那只斑鸠

我看到了那只斑鸠

它挣扎着自稀疏的草丛飞起

不知道要飞到什么地方去

我悄悄地跟着它　一只受伤的斑鸠

我不清楚它的具体伤势

我远远地看着它　我弯着腰

小心翼翼地躲避着它警惕的目光

我怕它注意到我

一只自尊的不屑于与众鸟为伍的斑鸠

它谢绝所有探询的眼神

谢绝别人或深或浅的好意

它不想被打扰

我看到了那只斑鸠　我跟踪过它

却没能为它清理和包扎伤口

（原载《诗刊》2009 年第 12 期上半月刊第 25 届青春诗会专号）

河边的芦苇

夏天渐渐深了　消息越来越暗

河边的那些我曾经反复提到的芦苇　颜色正青

它们不是一棵　是茫茫的一片

很多年了　它们一直默默地守在这里

守着这条河和它底下的泥泞　不离不弃

风从头顶上吹过它们会晃动　风不吹它们也动

因为　河里有水　水没过了它们的小腿

它们腰肢纤细　神态自然　像一群

表情内敛的女子　目光　高过平静的河水

也高过村庄农历的五月

从这些芦苇身上　我们可以看到沧桑的

大地之神　它们的心已经空了很久

对河滩上其他的事物　它们没有憎恨

它们在风中　一再压低自己的身子和嗓音

它们清瘦婉约的影子在水面上　杂乱地摇晃着
弥漫着凄凉之美

在头发彻底白掉之前　它们依然会不断地陷入
苍茫的暮色　并沉到那不声不响的黑暗之中
它们站在水里　可是流经它们的水
显然并不能带走它们　它们紧抿着嘴唇
从不向人提及　那些有露水的清晨

也从不提及　那些心事如芽的春天
它们只是安静地站着　慢慢地　把根和忧伤
伸展到更黑暗的泥里去　在明亮的阳光下
我看到的芦苇　它们就像一张张的白纸
就像从来没有经历过什么

（原载《诗刊》2009 年第 12 期上半月刊第 25 届青春诗会专号，入选中国青年出版社《1916—2008 经典新诗解读》）

平原落日

那个日头　正在落下去

没有力气的微黄的光　散漫地

照着疲倦的庄稼地

照着那些还没有收的庄稼

照着电线上停着的

两只小小的麻雀

照着左边那只麻雀眼里的那一点黑

那一点黑　在下沉的夕光里

慢慢地扩大　就像一滴

落在纸上的墨水一样

（原载《诗刊》2009 年第 12 期上半月刊第 25 届青春诗会专号）

什么样的草才叫荒草

什么样的草才叫荒草

生长在什么地方的草才叫荒草

荒到什么程度的草才叫荒草

长着荒草的土地　仍然叫作土地

没有生长荒草的土地生长村子

一块土地要盖很多房子才会成为村子

我看到那么多亲爱的荒草正在消失

一个已经长大的村子

它的成长究竟杀死了多少寂寞的荒草

（原载《诗刊》2009 年第 12 期上半月刊第 25 届青春诗会专号）

在 乡 间

在乡间

你只能按乡间的方式

生活　没有自来水

你要学会用压井压水

你要尽快地习惯泥土

泥土应该是水

最好的朋友

在乡间

不管最终是输还是赢

你都要按规则出牌

什么季节种什么庄稼

所有的庄稼都需要浇水

都离不开抽水机

抽水机紧靠着一条河

在乡间　你会看到一些

光着屁股的孩子

他们在那条夏天的

装有很多台抽水机的河里

快乐地游泳　整个夏天

除了会淹死他们的水

孩子们再也没有别的玩具

（原载《诗刊》2009 年第 12 期上半月刊第 25 届青春诗会专号，入选中国海洋大学出版社《70 后诗歌档案》）

红 马

那匹红马是生产队的

饲养员的儿子

经常打它　用他父亲的鞭子

我偷偷地去看它　它不说话

只是悲哀地看着我

我知道它也用同样的眼神

看饲养员的儿子

红马是孤独的

和那些无边无际的早晨一样

生产队解散的那一天

红马消失了

饲养员　饲养员的儿子　我

当然还有全村的人

都没有找到它

它没有给我们留下任何线索

那以后　我看到饲养员的儿子

每天都拿着

已经没有用了的鞭子

红马　消失后

全村人整整找了七天

最终也没有找到

很多年后

红马突然被我记起来

我知道　它一直没有走远

我能感觉到

它就藏在我身体的附近

只是我看不到它

（原载《诗刊》2009年第12期上半月刊第25届青春诗会专号）

收 玉 米

秋天里我挎着一个空筐和姐姐

去玉米地里　收玉米

玉米比我们高　它们淹没了我和姐姐

玉米叶子在我和姐姐裸着的胳膊上

划出的血道道

让汗水渍得生疼

那个筐　装上玉米之后　变得很沉

我挎不动　姐姐就让我收玉米

她一筐一筐向地外面挎

姐姐艰难地把胳膊伸过筐把

吃力地起身　姐姐像弓一样歪着身子

哗啦哗啦地分开玉米叶子　走向地的外面

姐姐的白胳膊上印着的筐把上

荆木条子的压痕　很深　直到玉米收完了

直到她出嫁的那一天　也没有消失

（原载《诗刊》2009 年第 12 期上半月刊第 25 届青春诗会专号）

轻 轻 地

我轻轻地叫

豆子　豆子

那些秋天打下来的金黄的豆子

已经被父亲做成了洁白的豆腐

我轻轻地叫

麦子　麦子

那些五月里成熟的金黄的麦子

已经被母亲蒸成了雪白的馒头

我轻轻地叫

小暖　小暖

迎亲的大花轿已经从我家出发

它将经过河边那片空旷的树林

我轻轻地叫
闺女　闺女

在田野里给你捉的那些绿蚂蚱
正用狗尾巴草穿着它们跑不了

（原载《诗刊》2009 年第 12 期上半月刊第 25 届青春诗会专号，入选九州出版社
《新世纪诗典》第 2 辑）

杏 花 记

只有杏花

还记得

那个春天

还记得那个明亮的春天

某个女孩静静地仰起脸来时

不觉流露出的那种

无法言说的美

那个叫杏花的女孩子

开过以后

就被人们慢慢地遗忘了

（原载《诗刊》2009 年第 12 期上半月刊第 25 届青春诗会专号）

游 泳 记

一个孤独的人

在春天的最后一个下午去河里游泳

他把衣物和往事放在岸上

然后把头和脸深深地

埋在水里

让整条河替他哭泣

（原载《诗刊》2009 年第 12 期上半月刊第 25 届青春诗会专号）

樱 桃 记

一想到小暖

我的脸就总是会不由得变红

发烧　摸上去很烫人

小暖最爱吃樱桃了

她的嘴也像樱桃一样甜

小暖在河边洗衣时

经常哼一支樱桃一样的小曲

那时我总想鼓起勇气向她说点什么

可是一旦有机会　能够站在她的跟前了

我竟然期期艾艾　支支吾吾

怎么也说不出一句完整囫囵的话来

看到我的脸憋得通红

小暖就会用手掩着樱桃般的嘴

咔咔地笑

然后一甩辫子迅速地跑开

把我一个人傻傻地留在原地

她已经跑得很远了

可她樱桃一样要命的笑声

仍然　清澈　响亮　不屈不挠地

在我整个的少年时代反复回荡

让我出神　摇晃

并且不由得发着呆

（原载《诗刊》2009 年第 12 期上半月刊第 25 届青春诗会专号）

这个下午

这个下午

我一个人回到潍河滩

父亲和村子还在

那些树也还在

一切都没有改变

一切都和从前一样

（原载《花城》2006 年第 3 期）

秋天的潍河滩

田野空阔

心事苍茫

一个面容模糊的人

把一些什么东西

埋在了靠近河边的土地

（原载《花城》2006 年第 3 期）

泪水是一些小小的炊烟

在潍河滩你所看到的泪水

是一些小小的炊烟

它们是蓝色的

是和天空的颜色一样的颜色

在整个天空的背景下

那些泪水一样的炊烟

再也不想引人注意

它们默默地散了

散得很慢　很好看

一个看到它的人

眼睛不知为什么模糊了

（原载《花城》2006 年第 3 期，《诗选刊》2006 年第 7 期转载）

秋天深处

秋深了
比秋更深的是一个人的眼睛

我经过秋天和一块空地
像一阵风一样

抓起一把泥土
用力地攥出疼来

一些事情没有办完
可是不用再办了

潍河滩上的一棵树在长
它很直　像一棵树应该有的样子
它长得很慢
你几乎看不出它在长

但它比去年更加结实了

那个夏天爬上树去的孩子
不知为什么直到秋天才下来
和经过潍河滩的风一起
回到有些荒芜的地上

（原载《花城》2006 年第 3 期，《诗选刊》2006 年第 7 期转载）

入 冬

入冬了

我开始吸烟

一截白白的烟灰

倾斜着

掉在地上

碎了

天冷了

在潍河滩

一个不为人知的角落

烟头忽明忽暗

映着一个人模糊的脸

就如刚刚走过的忽高忽低的土路

除了一个人和他的名字

潍河滩的土还能埋住什么

(原载《花城》2006 年第 3 期，入选花城出版社《2006 中国新诗年鉴》)

本　想

本想再做一些事情

本想去看看

潍河滩上那些白了头的芦苇

本想再说点什么

觉着不太合适了

就又咽了回去

很多话不该再说了

我裹紧了衣裳

迎着风站在潍河滩上

风很大　秋天很深

其实我想说的

大概就是这些吧

再也没有什么新的话

无非是一些曾经说了很多遍的话

你也听过很多遍的话

（原载《花城》2006 年第 3 期，《诗选刊》2006 年第 7 期转载，入选辽宁人民出版社《2006 中国最佳诗歌》）

想扛着铁锹到自家的地里看看

想扛着铁锹到自家的地里看看

这是一个突然的想法

很久没有去地里了

可能有些荒了

我想去自家地里

把那些看起来不平的地方

用铁锹认真地平一平

很多人都知道

那是潍河滩这些年

闲置时间最长的一块地

不管种不种什么

地里长不长东西

总要在天彻底冷下来之前

把那块地弄得平一些

（原载《花城》2006 年第 3 期，入选辽宁人民出版社《2006 中国最佳诗歌》）

那个时候我想试着飞起来

当风从潍河滩刮来

我曾经想试着飞起来

像去年的一只八角的风筝那样

这样的天气

说不上好

也说不上不好

心情也是这样

有时我试图准确地说点什么

可是话一出口

就让风吹走了

在心里很热的一些话

一出口就凉了

（原载《花城》2006 年第 3 期）

我一个人站在潍河滩上

我一个人站在潍河滩上

庄稼都走了

面对着偌大的空旷

我努力地想笑一笑

可是没能笑得出来

我想那个时候我的表情肯定有些古怪

不然那个孩子经过我时

不会一脸惊恐

我一个人站在潍河滩上

一个人在潍河滩上

静静地待着竟然这么好

两个人在一起待着当然也会很好

不过我现在是一个人

站在我旁边的那个人已经离开

再也不会回来

就像那些离开土地

已经回到村子里的庄稼

(原载《花城》2006 年第 3 期)

我一个人呆呆地坐在井台上

我一个人呆呆地坐在井台上

潍河滩上　一口已经废弃了的井

没有水了

其实就是有水

那水也不能喝了

我想起了在井台上打水的日子

心里突然有些酸酸的感觉

眼睛模糊的时候

我恍惚又看到了

那个有着一双杏子眼的人

在整个潍河滩　没有人知道她去了哪里

（原载《花城》2006 年第 3 期）

那个站在潍河边上发呆的人

那个站在潍河边上发呆的人

看上去有些让人担心

他始终背对着我

这样我就只能看到

他的背影和他的侧面

我不知道他在想什么

那个站在潍河边上发呆的人

他的头发不长　　但有些凌乱

因为他是一个人站在那里

他旁边的空地看上去就格外空旷

他是谁呢

他在潍河边上已经整整站了一天

在潍河滩的秋天

很少有人到潍河边上去

潍河滩的秋天　　天很蓝　　河水很凉

那个站在潍河边上发呆的人

我没有惊动他

他也没有惊动他身后的村庄

（原载《花城》2006年第3期，入选漓江出版社《2006年中国年度诗歌》、中国戏剧出版社《二十一世纪十年中国独立诗人诗选》、南京师范大学出版社《二十一世纪中国文学大系（2001—2010）·诗歌卷》）

潍河滩上的三棵树

潍河滩上最常见的树有三棵
一棵是槐树
一棵是白杨
一棵是梧桐

其中槐树长得最慢
白杨长得不快不慢
长得最快的是梧桐

那个时候我最喜欢梧桐
奶奶说凤凰会落在梧桐上
梧桐长得很快
一年就可以长得很粗
梧桐让伤感的我更加伤感

其次我喜欢的是白杨
潍河滩的白杨都是成片成片的
而且它们长得很直

也很整齐

没有人能知道

在白杨树林里究竟发生了多少故事

那个时候

我最不喜欢槐树

它长得极慢

而且还有刺

潍河滩上长大的孩子

哪一个没有被槐树的刺扎过呢

现在我写这首诗的时候

我已经三十三岁

我开始喜欢上了槐树

当年我最不喜欢的槐树

成了我最喜欢的

我喜欢它　因为它长得慢

也因为它的内心硬而结实

（原载《花城》2006 年第 3 期）

草　垛

我说的是潍河滩上的草垛

它们都是些麦秸垛

那个中午

阳光很静

喝了一些酒之后

我一个人去了村子前面

那里有一大片草垛

全村的草垛都在那里

一些年深月久的草垛

经过风

经过雨水

经过大雪之后

已经变了颜色

原本金黄的麦秸

又灰又黑

看上去很像一个人的脸膛

（原载《花城》2006 年第 3 期）

沿着向南的那条路你就可以走到潍河滩去

沿着向南的那条路你就可以走到潍河滩去

潍河滩上有村庄

有青草

有庄稼

有树

有割草的孩子

有种庄稼的农妇

有像树一样正直的人

还有一条默默地灌溉着它们和他们的河

和我们国家的很多地方一样

潍河滩是一块不怎么引人注目的土地

可是你只要去过那里一次

你这一生就再也不会忘记它

（原载《花城》2006 年第 3 期）

村庄附近的麦田

村庄附近的麦田

那些亲爱的麦子正在成熟

每到这个时节

我总爱到那里去转一转

什么也不做

就只是去看看自己家和别人家的麦田

比较一下它们的长势

然后在风里闻一闻

麦穗和泥土所发散出的味道

在村庄附近的麦田

只要我愿意

我就能听到潍河滩所有昆虫的鸣叫

当然这个时候

一些麻雀也会飞过麦田的上空

它们已经对昆虫不感兴趣了

和我一样

它们也在盼望着麦子的成熟

（原载《花城》2006 年第 3 期）

土　豆

和三叔一起种土豆的日子

已经很远了

收获的土豆也已经吃完了

或者烂完了

可是那些记忆还在

总是时不时地发芽

让我觉得苦

三叔已经死了

三叔是吃了发芽的土豆死的

我像熟悉父亲一样熟悉他

每次在街上见到他时

我总是非常尊敬地叫他

可是他死于土豆

死于亲爱的土豆

死于他亲手种出来的土豆

那一年潍河滩上长了那么多的土豆

在土豆大丰收的那一年

我的三叔

勤俭的三叔

他不舍得把发芽土豆扔掉

他吃了那些土豆

然后他把自己扔掉了

（原载《花城》2006 年第 3 期）

三个在潍河滩上拾麦穗的女人

三个在潍河滩上拾麦穗的女人

我看到她们的时候

她们正弯着腰

在收割过的麦田里

拣拾收割时丢落的麦穗

那是她们自己家的麦田

她们身后是潍河滩一望无际的

收割过或者没有收割过的麦田

天就要晌午了　没有一丝风

头顶上的太阳很毒辣

三个在潍河滩上拾麦穗的女人

她们穿着褪了色的蓝粗布衣服

沿着一个畦子

在割得整齐的麦茬上面

慢慢地向前移动

她们是背对着我　有些逆光

三个在潍河滩上拾麦穗的女人

阳光在她们有些疲惫的身子上

镶了一圈很耀眼的光边

和她们旁边高大的麦垛相比

她们显得过于矮小

可正是她们　用镰刀

把站着的麦子们割倒再捆成捆

然后在地里垛成一个一个的麦垛

下午的时候男人们会套上马车

把她们上午拣的这些

以及那些垛成垛的麦子运回村庄

三个在潍河滩上拾麦穗的女人

她们的脸上已经满是尘土

但眼睛却十分明亮

我知道　在她们的身后

很快会有深深的车辙经过

（原载《花城》2006年第3期，《诗刊》2009年第5期下半月刊转载，入选漓江出版社《第七届华文青年诗人奖获奖作品》、中国戏剧出版社《二十一世纪十年中国独立诗人诗选》、南京师范大学出版社《二十一世纪中国文学大系（2001—2010）·诗歌卷》、青岛出版社《青岛60年文学作品选（1950—2010）·诗歌卷》）

潍河滩的冬天

潍河滩的冬天还没有来

可是我已经听到

冰雪融化的声音

我没法告诉你

我真的没法告诉你

整个潍河滩解冻的那个时刻

是多么美丽

空旷的地里那些冻了一冬的

又硬又大的

冰凉冰凉的坷垃

慢慢地酥了

你会看到

团团的热气从土地的下面冒出来

绿是怎么也压不住的

潍河滩的草们早已耐不住性子

它们在努力地向上探头

那是一些芽

颜色乳黄　细细小小

轻轻地咬破了壳

或者别的什么

（原载《花城》2006 年第 3 期）

潍河滩上的白菜

潍河滩上的白菜

叶子是青绿的

我们叫它白菜

是因为它的内心是白的

像一场无声地落下来的雪

又白又简单

潍河滩上的白菜

它的内心一层一层

紧紧地包裹着

白菜的心事

就是那一片一片善良的

近乎透明的嫩叶子

入冬了

为了让它们卷得更结实一些

潍河滩上的白菜

被父亲用红薯的秧蔓

一棵一棵地

捆了起来

在一场雪落下来之前

潍河滩上的白菜

它们永远不会

自己给自己戴上传说中

容易化掉的白色绒帽

潍河滩上的白菜

和土地挨得很近

和村庄挨得很近

和冬天挨得很近

和穷人挨得很近

潍河滩上的白菜

不是一棵

它们是遍地的一片

它们是我多汁的姐姐

也是我青翠的妹妹

（原载《花城》2006 年第 3 期）

无　须

在潍河滩无须借助什么

你就能听到你自己的呼吸

细小　微弱　若有若无

就像某个早晨　庄稼叶子上的露珠

那正发光的是谁的眼睛呢

在潍河滩你无须寻找

随便地四处走动走动

你的心就可以感受到一些力量

你的身体会像那些种子一样

静静地发胀

在潍河滩你无须感恩

你只需要把血液变成实在的墨水

让你明亮的诗句

像鸟落在雪地上一样

轻轻地落在一张厚度适中的纸上

（原载《花城》2006 年第 3 期，《诗选刊》2006 年第 7 期转载，入选花城出版社《2006
中国新诗年鉴》）

在潍河滩上发生的一场风暴

庄稼成片倒下

成片倒下的庄稼

还能不能再次站起来

像风暴没来时一样挺直身子

那个年迈的眼里噙着热泪

手不住地抖着还要去扶庄稼的人

是谁呢

被他慢慢扶起来的

一棵一棵的本已冰凉的死心的庄稼

都禁不住　哭了

它们说仅仅是为这一双

布满青筋的苍老的手

即便明天的风暴再大

它们也不会懦弱地倒下了

（原载《花城》2006 年第 3 期）

那个醒着的人在歌唱

是什么在不断堆积

哦　那些不断聚集的

越来越黑的血

怎样才能释放出来

那个人脸色铁青　他提着刀

从空旷的潍河滩撤进村子

然后又撤回那一大片空旷中

他微弱　稀疏的心事

像一簇暴露在大风中的小小的火苗

晃动　摇摆　起伏

仿佛随时都会彻底熄灭

一个人内心的秘密

写在脸上　那么僵硬

今夜　在潍河滩上

那个醒着的人在歌唱

我知道他会从天黑一直唱到天亮

（原载《花城》2006 年第 3 期，《诗选刊》2006 年第 7 期转载）

现在我已经回到你们中间

现在我已经回到你们中间

可是你们却找不到我

也看不到我

我在一所乡村小学的后面

神情和早年的教室一样破旧　黯淡

有一张永远错误的脸

你所看到的　韩宗宝

这三个陌生的汉字

全部是错字和别字

是的　三个字错了一对半

那肯定是我不认识的另一个人

现在我已经回到你们中间

可是我不是那个叫韩宗宝的人

你们找不到我　也认不出我

因为你们都认错了人

潍河滩上从来没有一个叫韩宗宝的人

世界上也从来没有潍河滩这个地方

像你推翻你一样

我一下子就推翻了自己

（原载《花城》2006 年第 3 期）

还是待在一个没有人知道的地方好

还是待在一个没有人知道的地方好

在这个大概叫潍河滩的地方生老病死

和外面的世界不发生任何瓜葛

在这里你不会厌倦　也没有颓废

没有幸福　也无所谓悲伤

冬天会落雪　春天会有花开

在这里爱情是一些遥远的民间传说

你不需要诅咒什么　也不需要原谅什么

在这里　你所做的一切都是好事

也全部都是坏事　没有善也没有恶

在这里你是你自己的警察

你也是你自己的小偷

（原载《花城》2006 年第 3 期）

生病的人

那些日子

我在潍河边上

静静地观察流水

并把自己想象成一块石头

那些白杨树像我一样也病了

草丛里不知藏着什么

我只是多喝了一点酒而已

然后摇晃着走路

然后哭着说我要　离开

永远离开这里

这里的寂静　太大了

如我的病症一样

无始无终　无边无际

（原载《花城》2006 年第 3 期）

彻　底

从来没有这样彻底过

什么都没有

什么也不想有

从潍河滩上吹来的风

让你怀疑是不是

已经到了早晨

一个似是而非的梦

会把你抬到过去的某个早晨

可是你不会再在那样的早晨醒来了

光芒　应该是从土地上散发出来的

土地像一个裸着身子的女人

她那么开放　她是敞开的

站在潍河滩上　看着平静的土地

你也平静了下来

你也想像土地一样

张开身子　把自己彻底地打开

算是给天空一个彻底的交代

（原载《花城》2006 年第 3 期，入选花城出版社《2006 中国新诗年鉴》）

下　午

这个下午

那个面容清瘦的人

像落日一样

回到了潍河滩

没有人知道

他空空的心里装着什么

（原载《花城》2006 年第 3 期）

对　岸

站在这里

可以看到对岸

和这边一样

那里也有一些明亮的庄稼

阳光不止照着这里

也照着对岸

这边的一个人

和对岸的那个人

对看了一下

没有说话

（原载《花城》2006 年第 3 期）

减　法

减法类似于

在潍河滩锄地

不断地减　减

减去多和余

如锄掉庄稼旁边的那些杂草

最后只剩下

一棵棵静静的庄稼

（原载《花城》2006 年第 3 期）

穿　越

我知道

我必须穿越一片荒凉的空地

才能到达那个没有人的地方

在荒芜的土地上

写下内心的诗篇

沿途的事物

那么拥挤

如夏天潍河滩

遍地长满了的庄稼

（原载《花城》2006 年第 3 期）

潍　河

在潍河滩

一场大雪能盖住很多事物

可是再大的雪

也不会盖住这条河

那些流动的水

很像一个人血管里的血

（原载《花城》2006 年第 3 期）

忍　受

这样的日子

不知道还要忍受多久

一个人的苍茫

在潍河滩上是多么微弱

如一棵不起眼的草

我在潍河滩已经待了很久

那苍茫在我身体里

也待了很久

我知道这些我都得忍受

就像潍河在静静忍受

一块石头的颠簸

（原载《花城》2006 年第 3 期，《诗选刊》2006 年第 7 期转载）

认　识

一只我认识的羊

在潍河滩上啃掉了

我不认识的草

草认识潍河滩

羊认识草

我认识羊

潍河滩认识我

一只羊　我认识并熟悉它

就像它认识并熟悉草

那一个普通的下午

我看到　一棵草被羊认出

然后被啃掉

剩下一个浅浅的草茬

留在潍河滩上

（原载《花城》2006 年第 3 期，《诗选刊》2006 年第 7 期转载）

浅

那天下的雪很小
很不起眼
看上去简简单单
又白又浅
像很多年前的那场初恋
什么心事也掩饰不住
那是今年潍河滩下的第一场雪
一个人的爱　薄薄的
有些羞涩
记忆里的那个女孩
那么浅
眼里含着说不清楚的泪花
她说再也不会理你
可是她负气捶打你后背的
小拳头　又轻又浅
仿佛潍河滩上淡蓝的烟

（原载《花城》2006 年第 3 期，《诗选刊》2006 年第 7 期转载，入选长江文艺出
版社《2006 年中国诗歌精选》）

落　日

日头正在落

我有些担心

我知道

日头一落下去

天就黑了

可是　这田里的活

我还没有干完

小的时候

和父亲在田里干活

总觉得日头

落得太慢

因为日头落得快一点

我们就能早点回家

多年后的今天

我从城里赶回乡下

帮父亲来田里干活

我想多干一些

我多干一些

父亲就可以少干一些

可是日头正在下落

我阻止不了它

落日　你能不能落得慢一些

让我把剩下的活

全部干完

因为明天我就不得不赶回城里上班了

落日啊　请你落得慢一些

再慢一些

我的父亲已经年迈

那一年和父亲在田里干活的时候

我十二岁

今年我已经三十二岁

过去了整整二十年

日头还是那日头

父亲也还是父亲

我还是我

但是我知道

在落日的面前

有些什么　已经改变了

（原载《花城》2006 年第 3 期，入选花城出版社《2006 中国新诗年鉴》）

安　静

从今天起做一个安静的人

做一条安静的船

在潍河滩　一个无人的渡口

简单地横下来

闭上眼睛　外面的世界就与我无关了

我要做潍河滩最安静的一个孩子

在静静流淌的潍河边上

看风怎样晃动　那些白了头的芦苇

因为安静　因为水和风的声音那么微弱

我感觉潍河滩上所有的事物

和我脚下的土地一样

它们仿佛和我的心是通着的

（原载《花城》2006 年第 3 期，《诗选刊》2006 年第 7 期转载，入选长江文艺出
版社《2006 年中国诗歌精选》、长江文艺出版社《新中国六十年文学大系·诗歌精选》、
九州出版社《中国好诗歌》）

公　路

不是法国的那条　弗兰德公路

克劳德·西蒙先生把它写得太复杂了

这是一条普通的中国乡村公路

它正在一个下午经过我和潍河滩

它已经经过了那么多潍河滩上的村庄

它把很多本来有些孤立的村庄连接了起来

它去过的那些村子　我有的去过

有的没有去过

它不是一条重要的公路

但它同样被人们踩过来踩过去

各种各样的车辆也都重重地从上面经过

都说这条公路上曾经发生过很多事情

现在我正在写着的这一小段公路

是一个上坡　接下来就应该是一个下坡了

经过潍河滩后　它会在一座山丘附近拐个弯

然后在一个无人的路口　自己把自己岔开

我是在公路旁边低着头看蚂蚁的那个人

现在我的头已经抬了起来

我知道沿着公路一直走我就可以离开自己

可是不知为什么我竟然哭了

我的泪水打湿了一本 1987 年版的法国小说

我突然那么伤心　双目失明的时候

我也没有这么伤心过　我不知道我怎么了

然后我听到了一辆车和另一辆车相撞的声音

（原载《花城》2006 年第 3 期，入选中国戏剧出版社《二十一世纪十年中国独立诗人诗选》）

草

潍河滩上的那些草

太深了　以至于

我怎么也无法忘记一些事情

我注意一棵草已经很久了

我注意它怎么发芽

怎么生长　怎么快乐

当然我也注意它怎么枯萎

怎么在一场火中变成静默的灰

浅浅地留在空旷的潍河滩上

（原载《花城》2006 年第 3 期）

接　近

在潍河滩

那个站在空旷的土地上的人

他的面容有些模糊

他似乎正在接近什么

风吹着土地

也吹着他空荡荡的身子

在潍河滩　除了风

没有人知道　他究竟接近了什么

（原载《花城》2006 年第 3 期，《诗选刊》2006 年第 7 期转载）

香 椿 树

春天的香椿树

潍河滩上春天的香椿树

一共有四棵

它们是我家的

两棵大　两棵小

在我家小小的天井

在西院墙的墙角那里

它们相互之间

挨得那么近

它们已经抽出了新芽

可是那双　曾经在去年

为我们掰香椿芽的手

更加粗糙了

（原载《花城》2006 年第 3 期）

芦 苇

这是些秋天的芦苇

我在一个上午

路过它们

这些潍河滩上的芦苇

它们的头已经白了

它们似乎在晃动

在静静的潍河边上

这些秋天的芦苇

在风中　显得有些寂寞

这些茂密的芦苇

挡住了　一个女人的疲倦

和她脸上的忧伤

（原载《花城》2006 年第 3 期，《诗选刊》2006 年第 7 期转载，入选长江文艺出版社《2006 年中国诗歌精选》）

暮 色

我说的是潍河滩上的暮色

是村子里正在升起来的淡蓝的炊烟

是开始静下来的玉米地

是路两边虫子们时高时低的鸣叫

是在我们头顶不断翻飞的蝙蝠

是扛着明亮的铁锨回家的父亲

是跟在父亲屁股后头的我

是我手中用一根狗尾巴草穿着的蚂蚱

最后暮色中这一切都变得越来越沉

事物们渐渐暗了下去　变得模糊不清

就像一个十分久远的梦

而我的眼睛已经实在睁不开了

它们在打架　然后我就在父亲背上睡着了

（原载《花城》2006 年第 3 期）

说书的瞎子

潍河滩上的说书艺人

他说的是大鼓书

他是一个瞎子　他在晚上说

白天　社员们要进行

社会主义建设　没有工夫听

他只能在晚上说　他说的时候

天已经黑透了　就点上灯

是村里的汽油灯　汽油灯很亮

在平时用来开社员大会的大队屋前面

他的表情生动丰富　并且忽明忽暗

我们都在暗处　只有他一个人在明处

潍河滩上的大人和孩子们

都在黑暗中紧紧地盯着他的嘴唇

那里正在盛开莲花一样的阳光

他说书仅仅是为了一顿饭

是为了换取一些硬硬的干粮

他用换来的干粮养活自己

而他的大鼓书　则养活了我的童年

（原载《花城》2006 年第 3 期）

蒲 公 英

它的根　那么苦
像一个人
一直
不肯示人的
身世

（原载《花城》2006 年第 3 期）

黎　明

鸡蛋清一样

微青的

半透明的

薄薄的一层霜

黎明来的时候

潍河滩上

那一朵黑色的花

慢慢地熄灭了

（原载《花城》2006 年第 3 期）

正　午

野地里

那个人　默默地

赶着一群羊

越过了

一个寂静的山冈

路过落在地上的

一朵云彩的阴影时

他似乎被什么

绊了一下

（原载《花城》2006 年第 3 期，《诗选刊》2006 年第 7 期转载）

允　许

要允许庄稼地里长草

要允许天下雨

要允许心爱的姑娘嫁人

要允许自己

面对荒凉的生活

失声痛哭

（原载《花城》2006 年第 3 期）

乡村电影

太阳还很高

街上就早早地竖立了杆子

其实在上午

在前一天

消息就已经传开了

那一块白色的银幕镶着黑边

那四个洞　用来穿绳子

我们围着电影机子看

开始试片了　比手电筒还亮的光束

它途经我们伸出的张牙舞爪的手

有各种形状的影子

投到一片白亮的银幕上

表现欲　在乡村的夜晚那么清晰

空气中浮着的尘土颗粒

露天　但天还不够黑

电影还不能开演

一些手也还不能在暗中

紧紧地握在一起

（原载《星星诗刊》2007 年第 9 期，《诗刊》2011 年第 2 期下半月刊选载）

河水在夜里经过水电站

河水在夜里经过水电站

无声无息

如一条游过土地的蛇　冰凉　潮湿

轻轻分开　土地和积年的杂草

被月光看见的河水

最后在早晨消失　远处

一个我看不见的地方

河边的芦苇一夜之间　头全白了

故乡的夜晚　蒙昧无知的我

目睹了波澜不惊的生活

（原载《星星诗刊》2007 年第 9 期，《诗刊》2011 年第 2 期下半月刊选载，入选长江文艺出版社《黄鹤楼诗会 2010·本草集》、中国戏剧出版社《二十一世纪十年中国独立诗人诗选》）

很多年前的一个清晨

很多年前的一个清晨

我离开村子

村子里的清晨通常是乱糟糟的

像刚垛成的麦秸垛

我就来到河滩上

村子外面的河滩上正弥漫着一些雾

在一个空旷的地方

我开始练一种很简单的气功

那时我是一个少年

我看到我闭上眼睛慢慢地打开了自己

我感觉到我打开自己的时候

土地和天空似乎也随之打开了

很多年以后的今天

我再一次看到了那个清晨

看到了那个在清晨练气功的少年

在清晨的天空下

记忆中潍河滩仍然笼罩着一些朦胧的雾气

仿佛很多年来它们一直都没有散去

（原载《星星诗刊》2007 年第 9 期，《诗刊》2011 年第 2 期下半月刊选载）

一条河流

一条河流　向着低处和远方　不紧不慢地流

一条河它有岸　有上游　有下游　它贴着大地

在天空的下面奔流　一条向着那片蔚蓝奔流

不止的河流　有的地方深　有的地方浅

有时急　有时缓　一条河流　它有两条岸

它本身也是一条岸　它是它自己的　第三条岸

一条河流　两岸的草木　庄稼地　花　人群

以及别的事物　都被它浇灌着　它们在岸边

向这条坚定有力的河流　注目　致敬

一条河流　究竟是通过什么获得了力量

它的力量越来越大　它在向前奔流的过程中

不断地整理自己　它流得顺理成章　心无旁骛

这是一条自然的河流　它从不重复另外一条

它明晰　清澈　一目了然　绝不拖泥带水

一条河流被我们识别到　认出来　狠狠地记住

它纠正着人们的偏见　汇集那些更小的河流

它有起点　却没有终点　一条放下自己的河流

应该让万物和人类　感到惭愧和羞耻

一条这样的河流　它多少有一点　出人意料

没有什么能限制它　甚至那些泥土和堤坝

一条诚实的河流　它是谁的记忆　那些新鲜的

水　传达着怎样的意思　受自身的指引

一条河流　它冒犯命运和戒律　冒犯那些石头

一条舒展的自在的河流　它一直忠于它自己

相对一条河流　这个世界多么荒凉　生命

多么漫长　一条河流　因为深深的厌倦

它分开的大地　只能在我们的梦境中才会合拢

（原载《诗刊》2011 年第 2 期下半月刊，入选中国戏剧出版社《二十一世纪十年中国独立诗人诗选》）

梧 桐 花

那么紫的梧桐花　只有在春天
只有梧桐才能开得出来　梧桐开花的时候
潍河滩上的那个小村子里　有了月亮

淡紫的月亮　像极了一朵梧桐花
梧桐花的颜色里　似乎有一点点苦
在村庄微微起浮晃动的夜色中　隐隐约约地

让那些有心事的人睡不着觉　淡紫的月亮
一直清清楚楚地照着　那两个倚着
梧桐树下的草垛不说话的人　月光中的

两条黑色的影子　闷闷的　很长
仿佛生生地长在了地上　那个春天的晚上
谁也不知道梧桐开花后又发生了些什么

（原载《诗刊》2011 年第 2 期下半月刊）

青　草

潍河滩上的这些隐忍的青草

无论你用多钝的镰

收割

它们都不吭一声

即使它们的血染绿了镰刀

它们也始终不喊一声疼

潍河滩的青草

它们站着时

是牛羊们的绿色粮食

躺下后

它们的心里就会装满

很轻　很轻的

淡蓝色的炊烟

（原载《岁月》2005 年第 1 期，《诗刊》2011 年第 2 期下半月刊选载，入选东南大学出版社《新诗 200 首导读》）

命　运

一个人在大风中

不断地跌倒

他的内心装满了泥土

他在一个不引人注意的地方

埋下了一块石头

像那本很多年前就读过的

小说中的一个伏笔

（原载《汉诗年会拾加壹》创刊号，《诗选刊》2007 年第 9 期转载）

风是从另一片田野吹过来的

风是从另一片田野吹过来的

其间　风经过了一条河流

风已经吹过来了

风里有另一片田野的气息

风里充满了河流的味道

现在　风已经爬上了那个山坡

因为风弄痒了它

山坡上的一朵小小的黄花

忍不住大声笑了出来

它的笑声被一只低着头的羊

慢条斯理地啃掉了

（原载《汉诗年会拾加壹》创刊号，《诗选刊》2007 年第 9 期转载）

雪是有尊严的

一个人　应该在大雪中

保持沉默　一个孤独的人

则需要抬起头来看天

一个沉默的人　会在雪天里　看雪

他注意到　那些雪　是有尊严的

雪希望自己　落在该落的地方

在有一些地方　它们宁可

死死地化去　也不会开口说话

（原载《诗刊》2008 年第 3 期下半月刊，入选广西师范大学出版社《读一首诗让时光安静》）

已经过去的夏天

夏天已经过去了

但抽水机　还在河边

不停地大口喝水　吐水

它把喝下的水重新吐出来

吐到需要水的地里

夏天来得很快　走得也很快

潍河边的那台抽水机

整整一个夏天都在抽水

已经过去的夏天　我们依然叫它夏天

就像已经过去的爱情　还是爱情

已经过去的夏天　除了一台抽水机

再也没有什么别的事物

留给我那么强烈那么难忘的印象

我独自经过了一个夏天

一些寂寞的水则经过了一台抽水机

（原载《诗刊》2014 年第 11 期下半月刊）

加　深

我看到傍晚在加深　天空在加深

我看到落日　加深了潍河滩的村庄和田野

我看到潍河滩的村庄和田野

加深了一个人的忧伤

我看到一条去年的道路加深了秋天

我看到秋天的河水　加深了它的沉默和凉

我看到一个人体内　不可言说的黑

加深了他外表的苍白

（原载《诗刊》2014 年第 11 期下半月刊）

泥瓦匠的孩子

他们有时爬到自家屋顶上
以便能看到在更远的村子里
为另一个时代砌墙盖屋的父亲

他们会学着父亲的样子
慢慢地卷一袋纸烟　深吸一口
把烟吐在空气中或者对方的脸上

他们避开母亲和姐姐　像小公鸡一样
涨红了脸打架　脖子上青筋暴突
为一只透明玻璃球最终的归属

他们鼻青脸肿地谈论班里的某个女生
就像没事一样　他们心里都喜欢她
可每个人脸上均露出不屑的神情

她跟随做生意的父母离乡进城以后
他们都反常地变得很安静了
相互之间谁也不说话　只是发呆

那时候他们做泥瓦匠的父亲
还没有从简朴的屋顶上突然摔下来
腿还没有瘸　还不是终日酗酒

泥瓦匠的孩子　这些破碎的瓦片
开始习惯在风雨中奔跑　置危险于脑后
他们重复着父亲以前的动作和命运

他们稀泥一样胡乱堆放在生活中
任一张巨大的抹板把自己抹来抹去
随意填补在坑洼不平的墙面上

他们的饥饿和疼痛是生了锈的钉子
他们瘦弱屈辱　营养不良的身子
在昨夜的大风中硬朗结实起来

他们应该是父亲早年最精美的作品
可是在这广阔而虚无的乡村
他们活得如此粗糙　潦草　浑然不觉

（原载《诗刊》2014 年第 11 期下半月刊）

缓慢的村庄

落日里那个村庄

是缓慢的　像落日一样

像那些土一样

像那些人的脸色一样

潍河滩上　这个缓慢的村庄

这个被时光　几乎要忘记的村庄

多么缓慢　就像我七岁那年

母亲临终时　最后的一个眼神

在夏天的那个漫长的夜晚

持续地黯淡　就如毒药一样

仿佛永远　也不会结束

（入选漓江出版社《新乡土诗选》）

潍河滩上的一块石头让我疼痛

潍河滩上的一块石头让我疼痛

它一直硌着我

我没有办法消化它

潍河滩也没有办法消化它

很多年了　它一直在那里待着

像一堆往事一样　一动不动

我每次看到它都会情不自禁地想起

那个曾经坐在它旁边的人

这块石头让我疼痛

我怕再一次想起那些事来

潍河滩上的一块石头

压得土地很疼　也压得我很疼

我希望有一天潍河滩能来一个异乡人

不知不觉地　把它搬走

把它搬得远远的　让我再也看不到它

让我再也想不起什么来

（原载《诗潮》2011年第9期，《诗选刊》2011年第10期转载，入选漓江出版社《新乡土诗选》）

返 乡

所有的月亮都是一个月亮

我走了那么多地方　还是要回来

我乘着夜色　一个人独自回家

父亲已经睡了　我听到他在炕上

翻身的声音　和那些年一样　让我疼

天井里一些叶子在悄悄地落

没有一点声息　就像春天它们生长时一样

房檐下的梧桐叶子上

已经有了大粒大粒的露水

我回过头去　就能看到猎户星座

只是那些石头已经不见了

我不会再转过身子　我已经学会了沉默

像父亲一样　对生活和命运不吭一声

高过大地的庄稼回到了村子　一匹孤单的马

在土路上　驮着又白又大的月亮

你低着头　一路上没有人看到你的泪水

你仰起脸来　你的表情就像一个碎了的月亮

其实所有的月亮都是一个月亮

它们都不是真的　它们在天上　它们在水里

它们一碎再碎　它们是人间失传的经书

（原载《诗潮》2011 年第 9 期，《诗选刊》2011 年第 10 期转载）

葵 花

山坡上的葵花是金黄的　它们在风中摇晃

它们的阴影也在摇晃　我的心跟着葵花

跟着风　跟着阴影　在清晨的旷野里摇晃着

那年秋天　母亲用镰刀把熟了的葵花割下来

我看到它们的颈部　流出了绿色的血

沉重的金黄　在屋顶上被晒干　变成黑色

一只和葵花同样金黄的蜜蜂　轻轻地

落在葵花上　消失了它自己　它紧紧地叮着

葵花的芯　就仿佛那一年我深深地爱你

(原载《诗潮》2011 年第 9 期，《诗选刊》2011 年第 10 期转载)

潍河滩的芝麻

潍河滩的芝麻　像城里的高楼一样

在秋天里开着花　节节攀升

河滩上　我们家的那片芝麻地

前几天刚浇了一遍水

那些正在成长的芝麻得到了

父亲和稻草人最细心的照料

在电话里　父亲说

母亲到那地里摘芝麻叶子去了

她要用洗净的芝麻叶子　做那一道

我小时候最爱吃的菜

（原载《诗潮》2011 年第 9 期，《诗选刊》2011 年第 10 期转载）

山 楂 树

我看到的这一棵山楂树

已经不是去年的那棵

现在站在山楂树前的这个人

也已经不是去年的那个人

山楂树　山楂树　你能不能告诉我

傍晚的暮色为何这么缓慢　不安

（原载《诗潮》2011 年第 9 期，《诗选刊》2011 年第 10 期转载）

铁匠张三

铁匠张三　我的小学同学
在潍河滩打铁已经年深月久
打铁必须自身硬　这是张三一直
挂在嘴边的一句话

在潍河滩　张三垄断了打铁业
那些同泥土和石块发生磕碰后
磨短了损坏了的大镢　铁锨和锄头
会全部送到他的铁匠铺子里维修

张三出名主要是因为他精湛的技艺
他能让修过的农具就和没有修过一样
他打铁的时候浑身充满了力量
张三让我知道了什么叫结实

在返修家具之余

他也用白铁皮　制作水桶或者烟囱

前两天　我还从他那里拿了一截子烟囱

换掉家里　锈得实在已经不能再用的那截

在空旷而辽阔的生活中

铁匠张三　他打了那么多铁

而他自己也像一块铁一样

被乡村生活狠狠地打着

（原载《诗潮》2011 年第 9 期，《诗选刊》2011 年第 10 期转载，入选江苏文艺出版社《2011—2012 中国新诗年鉴》）

鲸

大海的王者

鲸　广大的蔚蓝色使你孤独

鲸啊　你内心的风暴

无人知晓

鲸　和人类在海上遭遇过七次

其中六次躲了过去

第七次让我眼里充满了泪水

（原载《诗刊》2006 年第 5 期上半月刊）

剥 青 豆

小暖　你还记不记得

那一年

你在我家里剥青豆

青豆　把你葱白一样的手指

染得那么绿　你手上

沾满了绿绿的汁液

你说那是可以洗掉的

小暖呀　其实

我真希望你就那样

一直绿着

（原载《青岛文学》2013 年第 10 期）

两只相爱的土豆

它们在黑暗的土里相爱

它们不让人看到它们

不让人找到它们

那天我和父亲

意外地挖出它们时

我有些惊讶

它们竟然长在一起了

那么紧　就像从来没有分开过

就像生来就是一个人

（原载《青岛文学》2013 年第 10 期，入选百花洲文艺出版社《2013 年中国诗歌排行榜》）

天上的银子在叫

天上的银子在叫

地上的银子

潍河滩的银子

还在熟睡

我爱的姑娘

已经嫁人

她有银子一样的声音

银子一样的美

我一直悉心地保存着她

我的骄傲

我的亲亲的小银子

（原载《青岛文学》2013 年第 10 期）

我只是悄悄地走过

我只是悄悄地走过

我看见了

那些在亮处的事物

可是我把自己

小心地

放在一个充满了黑暗的地方

（原载《青岛文学》2013 年第 10 期）

赞　美

雪　还没有落下来
村庄的灯就亮了
这让我来不及回味
你眼睛里的温暖和安详

风经过我时
我的内心再一次
柔软了起来

我周围一切安静的事物
都是我应该赞美的
可很多年里
我竟然苦于赞美

（原载《青岛文学》2013 年第 10 期）

怀孕的农妇

再过几天就是小满了
村里的槐树
开着很白的槐花
风里有蜜蜂和香味

放蜂的人戴着面纱
在空地上割蜜
她喜欢蜂蜜
远远地站着看了一会儿

再有几步　就到家了
刚才她步行去了趟教堂
他嘱咐过她几次了
要她不要出门

他说没事就在炕上待着
好好地坐着　累了就躺躺

她嘴里应承着
可还是一个人出来了

他去距这不远的城里打工
家里的很多器物都是他做的
婆婆还没过来
说好了近期就会来的

她一个人在家
有些闷　有些寂寞
她喜欢看邻家的小猫小狗
她的眼睛里有蜜

不用过多久
这房间里就会多出一个人
她的腹中就会少一个人
这真让人期待

她又有些害怕和慌乱
应该怎么安排孩子
今天在教堂里的时候
她认真地祷告过了

（原载《读诗》2015 年第 1 卷《生于七十年代》，入选漓江出版社《2015 中国
年度诗歌》、现代出版社《2015 中国年度作品诗歌》、《诗探索》2016 年第 2 期作品卷）

水　渠

我们像修道路一样
在乡村的大地上修水渠
我们扛着铁锹　带着干粮
行进在修水渠的路上

我们像一群纯洁的修女
要用掉多少信仰和土
用掉多少个白天和黑夜
才能修好一条水渠

我渴望跟随一条真正的水渠
穿过广阔的田野越走越远
水渠两边有良田万亩
它周围的村庄人丁兴旺

劳动多么美好　多么自然

尽管我们不知道

一条修好的水渠到底能用多久

它最远能够到达哪里

（原载《读诗》2015 年第 1 卷《生于七十年代》）

深夜里也有灿烂的事物

诸如大地上起伏的灯火

一个孩子梦境中燃烧的向日葵

天空中闪烁的群星

此刻你脸上浮现的安静与美

（原载《扬子江诗刊》2015 年第 2 期）

秋天纪事

天空渐渐高了

有些树木的叶子开始落地

从山坡南面吹来的风里

有了新的气息

我还是能够清晰地看到你

虽然隔着那么多的时光

透明如琥珀的欢乐

青草还在长　　但酷暑

正在慢慢地消退

一位母亲在教堂里

为孩子和自己的明天祷告

身体里潜伏多年的小兽

又小心翼翼地出来了

在微凉的秋天里

看着它纯洁无辜的眼睛

我忍不住低声哭了

为记忆中　那些蔚蓝色的

缠绕着疼痛的幸福

（原载《扬子江诗刊》2015 年第 2 期，入选现代出版社《2015 中国年度作品·诗歌》）

收 音 机

许多年后我记得那台木盒式收音机

它陪伴了我整个少年时代

乡村生活因此有了许多阳光

开关　旋钮　后面板　一号电池

屈指可数的频道

密密麻麻的电子元件

我对它的构造了然于胸

母亲生前所购之物

我以为它是难以替代的

但如今它的确已经不知所终

仿佛我曾经收听到过

又从这尘世消失了的声音

（原载《青岛文学》2015 年第 5 期）

雏 菊

她怀抱着雏菊　雏菊也怀抱着她

她穿着浅蓝色的棉布裙

布裙也穿着她　她黑色的眼睛里

闪着雏菊一样的光

昨天她还走在乡村的黄土路上

今天她就站在了城市的红绿灯前

她睫毛的黑栅栏　那么密

像被高楼切割后的天空

她像一个从沉睡中醒来的人

眼前的一切让她觉得无比陌生

她是一株从冬天里醒过来的植物

她仿佛这个早春城市的第一朵雏菊

她有着白色的裙摆　黄色的心

她是人们在昨天的记忆

她带着清晨的不属于城市的露水

她在城市逼仄的夹缝里摇曳

昨天她还静静地站在野地里

今天就成了春天的一则讣告

她站在了中心广场的大屏幕上

像一只孤独而沉默的云雀

在早春的微风里　她像一个

可以随时被毁掉的证据

永远怀抱春天和雏菊的姑娘

通过她　我看到了更多的雏菊

（原载《星河》2018 年夏季卷总第 34 辑）

童年之诗

不是蜻蜓　也不是蝴蝶

我那数十年前的童年

是一只小小的蝉蜕

一个壳　里面已空空如也

要如何才能再次进入

这件窄小的衣裳

它一直还在原地

在某段树枝　树干

某根草茎　某道篱笆上

静静地卧着　经受着风吹和日晒

草长莺飞　它都不再动了

风吹时才微晃　发出细细的声响

多少岁月过去了

它还在那里　一动不动

它竟然可以独自　停留那么久

那时一心想要长大

一心想要　彻底摆脱掉

童年这件衣裳

当年抽身而出的兴奋与喜悦

脱离开它那一刻的激动与战栗

如今已然成了无边的怅惘

一只纤毫毕现的蝉蜕

一个空洞无物的童年眼神

一味透明易碎　辛凉解表的药引

(原载《星河》2018 年夏季卷总第 34 辑，《诗选刊》2018 年 11—12 期合刊转载)

春　夜

草木的气息在深夜里

更加清晰　旺盛

可以一一地分辨出来

菖蒲　芙蕖　白杨　垂柳

这些散布在河滩上的植物

犹如春夜里的星辰

我看到它们在黑暗中

静静地闪烁着神性的光辉

蓝夜之下　土地睡了　河醒着

站在潍河滩浩大的春夜里

我拥挤的内心　生出来了一些

小如针尖的喜悦

因为你不在　这空阔无边的春夜

在漫长的时光和深广的宇宙中

显得既奢侈又寂寥

（原载《星河》2018 年夏季卷总第 34 辑，《诗选刊》2018 年 11—12 期合刊转载）

一件旧衬衫

母亲

也不知是从

哪个箱子里面

翻出了它来

一件

旧衬衫

本来就是白色的

穿了多年

洗了多年

更加泛白了

一件旧衬衫

虽然旧是旧了一些

但它还是完好的

袖口　领口

干干净净

六个塑料的纽扣

也硬硬的还在

可穿过它的

把气息散发给它的

那个身体

如今去了哪里

（原载《青岛文学》2014 年第 4 期，入选中国青年出版社《2017 天天诗历》）

蝉

它死过一次

在黎明前最黑暗的那一刻

突然获得了重生

它整个地透明起来

像一个婴儿

但天光渐亮以后

它又慢慢地黑了下去

只剩双翅保持着纤薄和透明

它用翅膀以外的黑

表达内心的孤高与自持

可以想象一只蝉　当它思考时

树木们所感到的疼痛

它从大地深处的黑暗里来

而它的鸣叫

竟然如此光明磊落

（原载《扬子江诗刊》2015年第2期，《诗选刊》2016年第2期转载）

苦 笋 帖

这些苦笋披着旋风

喝着骤雨　从地下冒出来

世事无常　冷暖自知

枯瘦的是笔画　不是人心

早年的单纯与明朗

如今成了小小的蝉蜕

被奔流的溪水带走

剩下的这些已经寥寥无几

全部交付溪边疯狂的青草

命运是一条怎样的溪啊

蛇一样紧追不舍

紧追着头　头上的白发

思量却是　无情有思

我只有节节败退

山中有无名的笋冒出来

而我的内心则有一些无名的苦

无法言说　无从辨认

也难以用积墨形容到纸上

（原载《扬子江诗刊》2015 年第 2 期）

小镇上的咖啡馆

海边的一个无名的小镇

很多年前谈论晚年时我们谈到过它

那时我们的脸上浮着淡淡的向往

咖啡馆在小镇一个偏僻的角落

我们也不知怎么就走了进去

人很少　时光在这里是安静的

下午的太阳　照着那些空空的座位

我注意到桌子上有朵玫瑰

很随意地插在瓶子里　盛开着

我们沿着逼仄的楼梯　上到二楼

在一个靠窗的位置坐下

点了咖啡　然后默默地对坐着

有时会不约而同地看一下窗外

两个人　在下午陷在漫长的犹豫里

其实那些事情已经很远了

我们的手没有像从前一样握在一起

甚至没有相触　孤独的是小镇

是咖啡馆　是那支无人聆听的钢琴曲

后来咖啡就凉了　似乎刚才还是热的

还冒着热气　像你很多年前的眼神

我试图再点一杯　被你制止了

我只好有些漫不经心地点了一支烟

咖啡微微有些苦　这是意料之中的事

我们走的时候　杯子已经空了

留在杯上的那些浅浅的咖啡痕迹

很快会被侍者一一地清洗干净

仿佛它们从来就不是真实的

（原载《扬子江》2013 年第 1 期）

猜 火 车

还有多少火车可以猜

还有多少青春可以破坏

好的这次我们不猜拳了

我们到祖国的火车站去猜火车

猜猜火车从哪里来　要到哪里去

载过多少无所事事的人

我们要像一个人一样　猜火车

像猜火车一样猜火车

猜火车经过了多少片树林

多少片荒地　多少个村庄　多少座桥梁

多少人的欢乐　多少人的伤心

经过了多少婚礼　多少葬礼

在火车站　坐在最后一个空座位上

猜一个女人的心事

如果还孤独　就请对面的一个女人猜谜

你自己也可以成为一个谜语

猜着猜着你就笑了

我看到有两列滚烫的火车

从你的眼眶里慢慢开出

把你冰凉的腮和空虚　碾得粉碎

（原载《扬子江》2013 年第 1 期，入选花城出版社《2013 中国诗歌年选》）

金黄的狮子

一头金黄的狮子   像挣脱了岩石的浮雕

在高原上   慢慢晃动着它令人生畏的身躯

这头刚刚从某个遥远的梦境中醒来的雄狮

拥有夸张的鬃毛   漂亮的外形   威武的雄姿

它充沛的王者般的力量   让它在奔跑时

产生梦幻般的速度   它傲慢   骄横   残忍

眼神犀利如电   脸上的倦容丝毫掩不住

它那非凡的气度   一头金黄的狮子

甚至它的冷酷   也是完美的   这万兽之王

它金属的一生拥有高原般漫长的孤独

内心那难以言表的悲伤   当它对着落日吼叫

它威严的声音穿透了黄昏最黑暗的岩石

（原载《扬子江》2013 年第 1 期）

藏地诗篇（组诗）

峡　谷

....

我去过那个峡谷

和一辆吉普车一起

在峡谷

我看到的天不是天

我看到的天是一条明亮的缝隙

是一条蓝色的线

它隔开了岩石

和石头中没有开花的爱情

（原载《星星诗刊》2017 年第 11 期）

盐

··················

那水里有盐

那盐是一些有情有义的盐

它们在水里　在蓝色的微凉的湖水里

那水里　那静静的湖水里有盐

哦　这高原上有情有义的盐

有情有义的盐　把自己给了

高原上同样有情有义的水

只有有情有义的水　才会让那些盐

心甘情愿地化在里面

再也不肯醒来

这人间寡淡　那水里有盐

（原载《星星诗刊》2017 年第 11 期）

雪

··················

雪挨着雪　雪压着雪

就像沉默挨着沉默

沉默压着沉默

我静静地捧起一捧祁连的雪

我没有感到寒冷

我感到了雪　刺骨的泪水

（原载《星星诗刊》2017 年第 11 期）

拉萨河边路遇一位转经的老人

那个时候　拉萨河在流

他手里的转经筒在转

我就在那个时候　看到了他

一位转经的　神情祥和的老人

我看到他的嘴唇好像在动

那个老人　也许他没有看到我

但他一定看到了道路

他的心里有一条光明而宽阔的路

就像我的心里

有一个美丽的你

（原载《星星诗刊》2017 年第 11 期）

隐　忍

隐忍是这里普遍的表情

就如一个老人弥留时的祥和

就如风暴到来前的安静

我看到雪落的时候　极力地压低自己

而大地也在不断地克制着

自己的回声　这一切让我无比感动

（原载《星星诗刊》2017 年第 11 期）

可可西里

可可西里永远不动声色　它只是寂静

那些无边无际的疼　正在加深

远山和落日　都是它的背景

只有可可西里才是这里真正的主角

我感觉到的这苍茫　是可可西里所独有的

天空和大地

在这里不分彼此　因为它们是完整的

（原载《星星诗刊》2017 年第 11 期）

指　引

那不断指引我的

那引领我的灵魂向上的

那让我向往不已的

是一卷粗糙而柔软的羊皮书

是一串数了若干年的念珠

是一座乳房一样安静的雪峰

是一个名叫卓玛的姑娘

是一碗温暖的带着热气的酥油茶

是一棵并不怎么起眼的青稞

（原载《青岛文学》2016 年第 12 期）

高　原

在这里贴近俯下身子的天空

在这里贴近隆起来的大地

在这里遭遇另外的生活

在这里爱上一位姑娘

在这里变红变黑

在这里感觉氧气的稀薄

最后在这里得病

和一头牦牛一样平静地死去

成为兀鹫们新鲜的食粮

（原载《青岛文学》2016 年第 12 期）

源　头

……………………

我是来看源头的

来看水的源头

来看一条河的源头

我想来看看　那些安静的雪

是怎样化成水　是怎样让蓝天和白云

清澈地倒映着

我看到了一个神话的源头

一个传说的源头

我看到了源头的源头

我看到死去的雪　正以水的形式

向更辽阔的地方传递　高原上

一座山巨大而干净的秘密

八角街

拉萨的八角街

马原的八角街

人民的八角街

围绕着大昭寺的八角街

在阳光下　闪着光

它不是一条街

是一片无声的建筑

是一面白色的墙

是墙上

大睁着眼的黑窗子

经　幡

飘扬的经幡

白的

青的

黄的

红的

蓝的

经幡

它们吹动风

然后

又把风粗暴地拦住

（原载《青岛文学》2016 年第 12 期）

德令哈

在德令哈　在这个叫柴达木的盆地

我没有看到海子

没有遇上　那个来自安徽的诗人

在德令哈　我开始关心人类和姐姐

也关心自己的前程和爱情

在德令哈　在这个广阔的地方

我默默地告诉自己　要好好地活着

因为沙子离开了戈壁　荒凉已经消失

在德令哈　我脸上没有绝望

只有无限的悲伤和深深的疲倦

（原载《青岛文学》2016 年第 12 期）

死亡之诗

死亡是我的疾病
在我的身体里
它已经潜伏多年

（原载《诗歌月刊》2008 年 4 期）

悲　怆

这土地是悲怆的

这天空是悲怆的

那些汉子

那些鹰群

那些大风雪

都是悲怆的

它们堵塞着一个人辽阔的心

（原载《诗歌月刊》2008 年 4 期）

格桑花开

今夜我在高原

今夜　只有我一个人想你

我一个人想你

就是无数个人想你

格桑花开了　我想赞美

可是已经没有力气

当我死的时候　只有你知道

我身体里怒放的花　为什么会这样红

（原载《星河》2014 年秋季卷）

一个唱花儿的男人在空旷的戈壁上放羊

一个唱花儿的男人在空旷的戈壁上放羊

那些羊很听话　它们默默地低头啃草

直到你走近了才抬头看你一眼

然后依旧低头啃草

它们有些旁若无人　就像每天从这里经过的风

风并不大　但草在晃动

羊啃掉的是那些晃动的草

那些被羊们啃过的草　不再在风中晃动

那个男人的歌声很高　很凉

在空旷的风里　在寂寞的草尖上颤动着

远山的积雪和若干年前一样

在高而且蓝的天空下面　发着安静的光

（原载《特区文学》2007 年第 3 期）

遗　忘

在这温暖的人间

在这寒冷的高原

我遗忘了自己

遗忘了西藏

也遗忘了身体里的苍茫

那些还没有来得及遗忘的

已经不必遗忘

（原载《特区文学》2007 年第 3 期）

照

一道阳光透过云层照着草原

照着草原上的牛羊

照着跟在牛羊后面的我

照着我脸上空空荡荡的忧伤

这道阳光

在到达我之前

穿过了很厚的云层

也许它努力地穿过厚厚的云层

就是为了要照一照我

为了要和我打一个照面

告诉我　它一直在

（原载《特区文学》2007 年第 3 期）

雪　山

雪山

一直没有走远

走远了的

是它曾经披着的

白衣

仰望雪山

我看不到山

我只看到了雪

雪重重地压着山

把阳光轻轻地移开

（原载《特区文学》2007 年第 3 期）

铁　路

这条铁路

一定惊动了什么

沉寂了千古的高原上

青稞们的头在摇晃

一只羊不吃草了

它使劲注视着那铁轨

以及那铁轨之上

正开过来的

庞然大物

它仿佛有些警惕

（原载《天涯》2007 年第 4 期）

看日出

在西藏　我一个人看了一次日出

那个早晨　为了看日出

我起得很早　我安安静静地看完了

日出的整个过程　我必须告诉你

西藏的日出非常美

它高过我的想象和我的诗歌

那个早晨　我看到太阳的时候

太阳也看到了我

（原载《诗歌月刊》2006 年第 9 期下半月刊）

西　藏

在西藏我不想说出自己

在西藏我说不出自己

在西藏寒冷不叫寒冷

饥饿也不是饥饿

在西藏我是一个来自外省的孩子

我微不足道　不声不响

我的身体弱小　泪眼模糊

一个人独自过高原

（原载《诗刊》2014 年第 11 期下半月刊）

栗 园 记

1

我从一个漫长的午睡中醒来

穿过那些落尽叶子的栗树

去园子里找到你　你是谁呢

我看到你时　你正在栗树下坐着

你穿着火红色的外套　像一只小兽

你已经在栗树下坐了很久

那些叶子也在初冬的大地上

躺了很久　有一些正在落下来

你的身后　是满地的落叶

你的旁边有分岔的小路

那些栗树都有分权的树枝

你的周围全是栗树　清一色的栗树

我和你说我感觉曾来过这里

你很惊讶　你说你也有这样的感觉

然后整个园子就安静下来

只有落叶浓烈而荒凉的气息

进入园子深处的小路上

偶然会遇到采摘过后遗留下的栗子

它们依然披着尖锐的盔甲

但盔甲已经裂开　它们安静地

躺在路边的草丛里　和在枝头时一样

去掉盔甲后　那裸着的栗色的身子

是光滑的　栗壳内汹涌着金黄

像我们的内心汹涌着喜悦

2

那个下午我们慢慢在园内散步

时光随着我们的步伐慢下来

在我们的目光里　园子是安静的

穿行在园内的栗树之间
仿佛穿行在慢镜头的时光中
一朵瘦弱的小花如何成长为坚果

那棵数百年前小小的栗树
是经历了怎样的风吹与日晒
最后才长成今天的这个模样

我们在园子里分享了一条小路
也分享了一枚小小的栗子
我们和园子一起分享这个初冬

栗树上都有伤疤　被砍掉的树枝
它们去了哪里　负伤的栗树是清醒的
一棵被砍过的栗树看上去更加深沉

园子里剩下的这些　是时光的遗产
远处那个在栗园里劳动的人
多么像一片栗树的叶子

在园子里我们曾经路过一处墓地
园子的西边　潍河则天天路过这里
有一些水　在这个园子流淌过

水进入土地　进入一棵栗树

进入一朵栗花　进入一枚坚果

很多年后我将从火中取出负伤的栗子

3

························

我们说到过黎明　说到事物的

虚空与丰盈　存在的意义

我们在园子里　散步　听着风声

那些落叶的样子多么美

一棵初冬的栗树　依然散发出

春天时才会有的生命气息

谁敲打过树上的栗子

一只贫穷的栗子　和阴影一起

落在辽阔的大地上

在遍地堆积的栗树叶子的缝隙里

落日的光　也神秘地抵达那里

像你现在额头上的光一样

我们在园子里呼吸　四处走动

栗树们一直留在原地

我们能感受到栗树的目光

我们也可以听到　它们的呼吸

谁在栗园里　为神做过传记

谁为一棵孤单的栗树做过传记

纵然周围有这么多的栗树

那棵栗树依然是孤单的　路过它时

我们在谈论什么　没人提问我们

那棵栗树　它巨大的树冠

犹如一把雨伞　现在只有伞骨还在

那棵灰色的栗树　它是平静的

4

在栗园的椅子上　谁曾经坐过

更多的椅子是空的

叶子随意地落在上面

园子里所有的小路都是沉默的

尽头是苍茫　是天空的弯曲

一条小路在栗园的深处消失

一枚叶子从栗树上坠落

斑驳的历史从一棵栗树上消失

谁会是这园子里　最终的缺席者

我看到在一棵栗树被砍掉的地方

有一些新的树枝长出来

一扇门关上　会有更多的门打开

我们和栗树的关系　就是和万物的关系

我看到一棵栗树　在模仿着人类

而我要诚恳地向一棵栗树学习

风吹　树枝会晃动　叶子会落下

但这并不能说明什么　风还是风

而树还是树　就像树叶上的污渍只是污渍

我想假设自己是一棵栗树　在这里

站立多年　然后成为一架栗木的梯子

像一个道具　滑稽地闲置着

一架梯子只有靠着大地才是梯子

那些悬在高处的果实和真理

必须通过一架栗木梯子才能摘取

5

你慢慢回过头来的脸　恍如那晚
后来出现的月亮　这是一片真正的土地
这个园子所在的地方是我真正的故乡

后来我独自去了一趟园子
我仍然能找到那些温暖　你仿佛还在
在那里灿烂地笑　或者晃动

我们在那个园子里劝慰过彼此吧
因为那些离我们而去的人
我们从出生就开始了漫长的告别

现在我们已经到了中年
而栗园里也有沉重的暮色
我们知道　栗树每一年都在告别叶子

归途已经近了　那个做梯子的木工迟到了
我们的相遇也是迟到的
但并没有影响栗园自身的存在

回去以后　我打算再来这里一趟

傍晚的栗园　所有的事物都沉寂下来

我们将各自面对一个漫长的梦境

如果你理解了一棵冬天的栗树

你就理解了一条冬天的河流　一次逗留

是短暂的　但它超出我们的预期

我应该告诉你什么　我们有足够的时间

适应接下来的黑暗　夜幕下的栗园

是否比星空更值得我们热爱

（原载《山东文学》2017 年第 8 期上半月刊头题）

风　车

1

....

夜晚的风车

和星斗互为参照

在夜晚平静地说出　疼

并形成一个又一个的漩涡

那个叫梵高的画家

只好把自己的耳朵割下

让风车从大地移上画布　在夜里

荷兰是他一个人的祖国

我们因此可以

把风车安置在停电的房间

随便哪一面墙上

为它装上一个木制的黑镜框

墙上的风车　平庸生活的一件装饰品

我们只要一看它

它就会转动起来

我们不看的时候　其实它还是在转着

2

....

风车在转动

世界侧起耳朵　倾听它的诉说

只是后来　它平静的转动

已经人为地上升到劳动的高度

这朴素的机械

从陈旧生活的底层浮出水面

依靠着风的力量

它大声地唱一些无字的歌谣

风吹　风车就会转

这已经成为一个常识

同样　风车的转动

也会产生新的风

古老的风车在民间转起来了

磨坊和粮食的声音

民歌的声音和风的声音

汇合成水　四处流动

3

故乡的风车　转动的风车

代表平民的一种生活

和稻草人一起

守着乡村的旷野

风车在转动中　逐渐透明

成为一个人　梦中的玩具

整个世界都在旋转

而风车不过是一个最普通的例子

和儿童们相关的一个节目

大风车　中国的动画城

风吹动传说和神话　孩子成长

木偶和风车也是力量

正如曾经在一个人的手中出现

多年之后　同样的风车也会

在他女儿的手上呈现

哦　这童年一样美丽的纸风车

4

················

儿童　花朵　向日葵的脸

这些平常的事物

和风车多么相似　接近

爱上风车就是爱上大自然

一架风车在飞转

是谁把它安装在圆形屋顶

风车的转动多么欢快

那看不见的力量肯定是风的力量

那些海边的风车

它们站在海堤上

守望什么　或许除了风车

大海的心事　无人知晓

风车风车　转啊转

转到欧洲　转到荷兰

转到了阿姆斯特丹

这样轻轻地一转就是若干年

5

童话和文字迎着风转
堂吉诃德成为故事的主角
在风车的故乡
我看到用嘴吹动的风车

更多的时候风车仿佛轮回
风力旋转下的净土　磨坊
风车是用来制服风的
但风车最终在风中倒下

现代风车　类似一个启示
城市中的风车
小风车　大风车
不同的风车都在疯转

假想中的敌人　五颜六色
中世纪的英雄比世俗高大
挑战对象　自我　一场游戏
而在另一个版本中　事故成为故事

6

································

民俗　谚语　赞美风车

螺旋桨形的叶轮

始终对着风向的尾舵

类似风向标　自由的转向角度

平坦　开阔　多风　博物馆

风车上的灰尘　落

构成　轴　风车之轴　舞蹈

自由旋转　漩涡　巨大的漩涡

转动　方向　城堡　钥匙

寓言　一张张的面孔　交错

浮现　爱情　永恒　永远　远

风车在转　而风已走远　空转

跟着风转的风车

被风吹转的风车

主动和被动　理想主义者

和现实抗争　在与风搏斗中找到平衡

7

....

风的颜色　风车的颜色

风车的形状

蜡笔画的风车　名称

风车的各个部分　词语

风车和风的对话　交谈

风车的秘密心脏

哑了嗓子的风车　杀死鸟类和蝙蝠

风车制造的转动事故　鸟的死亡

收留　风车越来越快

我看不清风车　只看到圆

和圆后的事物

逐渐透明　玻璃一样的风车

秩序　转动的部分　爱上

去欧洲旅行　阿姆斯特丹

很多的时候　我默默地眺望风车

巨大的头颅

8

················

让田野寂静下来　空气　梳理

经过风车的风　还是不是原来的风

已经不是原来的风

肯定有什么改变了

风车在大地留下阴影和叹息

是风的源头还是尽头

风车　在一个梦境呈现　荒诞

风车象征什么　精神　支撑

隐蔽的注脚　新闻　国家

直线　曲线　变换　眼睛

在纸上虚构一架风车

让心成为一架风车

告诉生来就没有家的风

可以在风车中安居

风车　一个概念　名词　原理

热风　冷风　——经过这机械或者建筑

9

······················

风车被游客参观

然后被遗忘　相互遗忘

照片　心理　分析　风向标

风车为什么会疯狂

风车　当风车成为风景

这是谁的悲剧还是喜剧

它不停地转动　吞吐

一个巨大的谜语

一个哑谜　风车　简体中文版的风车

在一张 A4 的纸上被打印

迷失　最后被撕碎　成为灰烬

或者垃圾　遗弃　风中认错了的人

单向度　翻译成英语　低语

风车背后的眼睛　注视着夜

大地和天空　什么在旋转　透明

没有人知道　风路过风车去了哪里

10

·················

风声　在纸上辨认一架风车
一个比喻　喻体不见了
起风的时候　说出一架风车
必然要承担相应的风险

风车把自己的位置放得很低
天空是永恒的　轮子也是
轮子转　轴也在转
芯　是什么材料做成的

能经得起这样的搅拌
搅拌　严重的内伤　疼
来自内部的磨损
风车让一个人患上偏头痛

阴郁的脸　季节的天空
而我分辨不出哪一片叶轮上
有你的眼泪　当它们模糊
和风厮打成一团　如一个女人

11

....

背负着天空　记忆

忘记的勇气突然消失

变得虚弱无力　苍白的脸

无话可说　直到发呆　放弃

厌倦了风车

厌倦了风

厌倦了无休无止的表白

旋转让简单的事情变得复杂

风车单调　对应风的丰富

总会有新的内容　花样和戏法

层出不穷的风　激情

但风车不适合变换　不能改变的根

风车沉默　心在哭却忍住眼泪

风无视着走过　转弯

去另一个地方　风车只是一个驿站

风不是归人　只是过客

12

你留不住风　你只能留住自己
会有源源不断的风　越来越多的风
树大招风　风车大了也招风
但你不改变自己的那个姿势

固执　心疼你的是母亲
她在夜里会提着灯来看你
漫长的雨夜　风车哭了
可你怎么也撕不开自己

你的心已经裂开　几瓣
而我终于也在风车的丛林之中迷路
风车　你一直站在原地
却游览了整个世界

思想乱成一团　溃不成军
在原地奔跑　被风追着
如追自己尾巴的蛇　一个宿命的深渊
你是你的深渊　风车的内心

13

·················

有没有春天　风车是谁的证据

一架风车能说明什么

在高处在需要人类仰望的某个高度

成为一个代名词　像乌托邦一样

值得诗篇和梦想记录

叶片　空心　轮子　眩晕

幸福和恍惚　单向　意向

隐语　陷落　象征　双重

多重的风车　孤独　路口

诉说　转向　转身　循环　殉道

轮回　宿命　目标和终点

农业　手工业　浪漫　主人　标志

尘世黯淡　风车用风否定了自己

单向的词却拥有众多的复义

衍生的事物　时间　呼吸

一再地想到风车

14

····················

风车有多少风经过你

你就清洗掉了多少

肮脏的时间

风车内部有多少不为人知的风暴

静静　平静　忽视

一架抽象的变形的风车

和一架具体的风车有什么内在联系

智慧　沉思　一架孤立的风车被看见

说出　和其他事物的联系

我只是说出我看到的想到的

完善中的风车

完美的风车　最初最后的风车

变形　写满受伤的悼词

风和风车　已经两败俱伤

后来的风车　见招拆招

兼容并蓄　以不变应万变

15

·················

风睡了　风车醒着

风车是风唯一的结

风车进入童话　动画片　商标

进入拙劣的诗歌

我把风车这块关键的骨头

从汉语的赘肉中

小心地剔出来　它又白又瘦

就像从云彩后面露出来的月亮

早晨的风车和傍晚的风车

都看到了来来往往的风

夜晚的风是谁的通行证

风车是谁的墓志铭

在一个更为广大的范围

风车高于国家　大地

以及人类的天空　这样的时候

它不再仅仅是一种机械和工具

16

············

一架风车转得比遗忘更快

风车永远在拒绝

排斥这个世界

它的姿态和尘世格格不入

风车和手枪一样可以拆开

拆成风和车

我用风车在语言的大地上

守望爱情

从背后看　风车是一架巨大的机器

它的轴和叶轮都在转动

风车坚持了最初的泪水和阴影

却不能收回自己的内心

诺言和诺言互不相干

风近乎一个不存在的谎言

风车囊括了一切自圆其说　然后沉默

经过风车的风会让事物清醒

17

....

我所能看到的风车
和我所能说出的风车
远不能表达和代表风车
真正的风车是某首歌谣

月光所滋润的诗篇
最后的家园和墓地
无法说出的热爱
焚毁一个人的幼稚的心脏

我要让全世界的风车
集合起来　团结起来
向风宣战　不要广告
不要标语也不要旗帜

多年之后　当我们透过词语的玻璃
再一次面对风车
我们只能看到寂静的幻象
就如已经断了线的风筝的尸体

18

············

为什么要二十四小时工作

风车它要传播什么

一个不知疲倦的布道者

在文化和文明之间磨薄了嘴唇

清晨旷野上的空气

夜晚鸣叫的昆虫

太阳火的炙烤照射

包围着歧义丛生的风车

除了风和内心的隐痛

没有什么值得修改

一架病了的风车

为它的任性付出代价

风车　它古老的旋转

把新旧时间尽数收入囊中

多么静　一架风车的静和寂寞

无人理睬　也终被历史所忽略

（原载《时代文学》2014 年第 4 期上半月刊）

编辑说明

　　为不断加强青年作家队伍建设，培养和扶持文学新人，推动我省文学事业的发展繁荣，在省委宣传部和有关方面的大力支持下，2001、2012、2015 年，我们分别编辑出版了《文学鲁军新锐文丛》（以下简称《文丛》）第一、二、三辑，共推出 30 位优秀青年作家的代表作品精选集。这 30 位作家现已成为活跃在我省文坛的主力，得到了广泛的认可和好评。为持续推动青年作家队伍建设，省作协于 2018 年 6 月启动了《文丛》第四辑征集编选工作。

　　省委宣传部领导对《文丛》的编选工作非常重视。省委宣传部主持日常工作的副部长王红勇和省委宣传部副部长程守田多次对编辑出版《文丛》提出指导性意见，给予了大力支持。

　　为确保《文丛》第四辑编选工作的高质量和权威性，省作协组建了由有关领导、专家等组成的编委会。编委会对入选青年作家的人员构成、文学导向的宏观把握、题材和体裁的合理布局、风格形式的丰富多样以及总体设计的协调统一等方面，进行了认真研究，确定了编选方案。

　　我们在征集作品时确定，推荐申报《文丛》第四辑的作者应为 1978 年 1 月 1 日以后出生的近年来创作成绩突出的优秀青年作家（特别优秀的可以放宽到 1973 年 1 月 1 日以后出生的）。推荐申报作者的作品须有 4 篇以上在全国重要文学期刊上发表，或有 2 篇以上被全国重要文学选刊选载，或获得过省级以上重要文学奖项。已入选《文学鲁军新锐文丛》第一、二、三辑和中国作协"21世纪文学之星"的作者不得再申报、推荐。2019年8月，结合"不忘初心，牢记使命"活动的开展，省作协领导研究决定在前期工作基础上，调整优化《文学鲁军新锐文丛》第四辑的编辑出版思路，再次面向全省补充征集了优秀青年作家书稿。

在各市、大企业文联作协和省作协各专业委员会及有关单位推荐的基础上，省作协组织专家对申报《文丛》第四辑的书稿进行了评选。经过认真审读、充分酝酿讨论，最终投票确定了10部入选书稿。经向社会公示后，最后确定10位青年作家的作品集入选《文丛》第四辑。此次入选的10部作品包括5部小说、3部诗歌和2部散文，既有崭露头角的新人新作，也有实力作家的代表性作品，均具有较高的思想性、艺术性、可读性，是对我省近年来涌现的优秀青年作家及其代表性作品的一次集中展示和重点推介。需要特别说明的是，近年来我省文坛涌现出的创作成绩突出的文学新人较多，遗珠之憾肯定在所难免。

省作协领导班子成员和有关方面专家参与了《文丛》第四辑的评审、编选、出版工作。省作协党组书记姬德君、省作协主席黄发有牵头统筹《文丛》各项工作。省作协党组成员、副主席李军、葛长伟，省作协副主席刘玉栋、王方晨、孙书文以及张海珊、马兵、丛新强、张丽军、顾广梅、刘青、李纪钊、李春风等专家学者和省作协有关业务单位负责同志参加了《文丛》入选作家作品评审工作，并对《文丛》的编选提出了许多指导性、建设性意见和建议。省作协副主席、创联部主任陈文东带领省作协创联部全体同志承担了《文丛》从征集到评审、出版的各项具体工作。省作协办公室为《文丛》评审、出版做了许多保障性工作。山东文艺出版社对《文丛》的出版工作给予了大力支持和帮助，社长李运才、总编辑张海珊参与了编辑出版的统筹和评审工作，责任编辑李燕、林蕙、王玲玲、李玉玲对书稿进行了精心编辑和校对。在此，谨向所有为《文学鲁军新锐文丛》第四辑编选出版工作给予大力支持和付出辛勤努力的单位和个人表示衷心的感谢！

编者

2019年12月